„375 Tage"
Tagebuch einer Krebserkrankung – ein Jahr als Geschenk

In Erinnerung an meinen Mann Uli,
der am 31.12.2011 im Alter von erst 51 Jahren
den Kampf gegen den Krebs verlor.

Dieses eine Blatt - es wird uns immer wieder fehlen

Ute Lang

„375 Tage"

Tagebuch einer Krebserkrankung – ein Jahr als Geschenk

Bibliografische Information der Deutschen Nationalbibliothek
Die Deutsche Nationalbibliothek verzeichnet diese Publikation in der Deutschen Nationalbibliografie; detaillierte bibliografische Daten sind im Internet über http://dnb.d-nb.de abrufbar.

© 2013 Ute Lang
Satz, Umschlaggestaltung, Herstellung und Verlag: BoD – Books on Demand
ISBN 978-3-8482-4872-8

Inhalt

Alles ganz normal: Leben, Lieben, Streiten 10

Mama, schau mal, Papa ist ganz gelb im Gesicht! 14

Diagnose Bauchspeicheldrüsenkrebs – an meinem Geburtstag
am 20.Dezember 2010 15

Uniklinik Erlangen – Stenteinlage – Autounfall 16

Uniklinik Erlangen, die Diagnose Bauchspeicheldrüsenkrebs
(BSDK) wird bestätigt 18

Silvester in Stuttgart 20

Portkatheteranlage im Krankenhaus N. – Onkologe Dr. H.:
„Sie werden daran sterben!" 21

Beginn der Chemotherapie 23

Unser erstes Enkelkind – Niclas – wird geboren 24

Erste MRT-Untersuchung – hat's was gebracht? 25

Konfirmation Carina, Fieber, Krankenhaus 26

Urlaub am Bodensee 30

Wieder Stentwechsel in Erlangen 32

Zweite MRT-Untersuchung 34

Hochzeit Peter und Katrin 36

Kurztrip Europapark 39

Der Ahorn wird gefällt 42

Dritte MRT-Kontrolle, halt die Beine   43

Uli wird 51 Jahre alt   46

Atemnot – Wasser – Schmerzen – Krankenhaus   49

Was ist nur im Krankenhaus mit dir passiert?   55

Morphin und 25 Tabletten täglich   62

Daheim – aber nur für zwei Tage!   64

Palliativstation Hof   71

Wieder Hoffnung – halt die Beine   74

Mein 49. Geburtstag auf der Palliativstation   78

Bein-OP, erneut Hoffnung   80

Letztes Gespräch – Uli will leben!   89

Jeder stirbt so, wie er will   92

Beerdigung   101

Uhren, Uhren, Uhren   108

Allein …   110

Es tut immer noch so weh – wann wird das endlich besser?   112

Ich lebe mein Leben in wachsenden Ringen,
die sich über die Dinge zieh'n,
ich werde den letzten vielleicht nicht vollbringen –
aber versuchen werde ich ihn.

Rainer Maria Rilke

Vorwort

Dies ist die Geschichte meines Mannes Ulrich, von allen nur Uli genannt.

Wir lernten uns 1979 kennen, haben 1981 geheiratet, bekamen zwei Kinder, 1982 Peter und 1997 Carina.

Also – ein langer gemeinsamer Weg, mit allen Höhen und Tiefen, die das Leben so mit sich bringt.

Im Dezember 2010 erhielt er die Diagnose Bauchspeicheldrüsenkrebs – eigentlich die schlimmste aller Krebsarten, mit der geringsten Überlebenschance. 95 Prozent der Patienten sterben daran.

Fast auf den Tag genau ein Jahr später saßen wir an seinem Sterbebett …

Jetzt – wieder ein Jahr später, in der Vorweihnachtszeit 2012 – möchte ich von seinem letzten Jahr und seinem Kampf gegen den tückischen Feind Krebs erzählen.

Mein Dachdeckermeister

Kapitel 1

Alles ganz normal: Leben, Lieben, Streiten

Wir, das sind Uli, Ute, Carina, ach ja, und Peter – schon lange erwachsen, verheiratet und Papa eines süßen Sohnes.

Uli und ich führten eine Ehe, in der es oft krachte; zwei Sturköpfe, die sich aber immer wieder zusammenrauften.

Mein Mann war ein leidenschaftlicher Uhrensammler, kein Urlaubsort, kein Geburtstag, kein Weihnachtsfest, an dem er nicht eine neue Uhr brauchte. Dieser Uhrentick hat mich viele Nerven gekostet, war aber nicht zu ändern.

Im Jahr 2004 zogen wir zur verwitweten Patentante von Uli, „Oma Jenny", von da an waren unsere finanziellen Probleme etwas besser zu stemmen. Bis zum Jahr 2007 betrieben wir gemeinsam ein Dachdeckergeschäft. Leider mussten wir im Herbst 2007 einsehen, dass wir die Schulden aus der Vergangenheit des 200 Jahre alten Geschäftes nicht mehr tragen konnten – wir gaben das Geschäft schweren Herzens auf.

Uli begann, als angestellter Dachdeckermeister 400 Kilometer von zu Hause weg sein Geld zu verdienen, da es bei uns in der Region keine Möglichkeit gab, als Dachdecker zu arbeiten, und er unbedingt in seinem Beruf bleiben wollte.

Für mich war seine Montagetätigkeit eigentlich kein so großes Problem, aber er hat gelitten wie ein Hund. Unzählige Telefonate gingen hin und her, es gab Tage, da rief er bis zu 30 Mal an. Er wollte nur HEIM!!!

Die Wochenenden waren oft nur von Streit und Geschrei geprägt. Von mir gab es immer nur Durchhalteparolen, wie: „Du musst das schaffen, andere schaffen's auch", „Woher soll sonst das Geld kommen", usw. In dieser Zeit hatte ich nicht viel Verständnis für meinen Mann.

10

Zu Hause, mit unserer damals elfjährigen Tochter Carina, hatte sich ja für mich nicht viel verändert.

Nach verschiedenen Arbeitsstellen in Stuttgart, München und Nürnberg, die meinen Mann viel Nerven und Stress kosteten (Pleitefirmen, Betrüger, hat er alles erlebt), gelang es ihm, endlich wieder eine Stelle in der Heimat zu bekommen. Ab dem Frühjahr 2010 war er zwar „nur" noch als Dachdeckergeselle bei einer hiesigen Firma tätig, aber er wollte keine Verantwortung mehr tragen und war zufrieden.
Endlich, dachte ich, wird alles wieder normal.

Weit gefehlt, da damals mit unserer Hausbank kein Verhandeln in Beziehung auf Kreditraten aus der Geschäftsaufgabe mehr möglich war (wir hatten damals 2007 keine Insolvenz beantragt, sondern alle Schulden abbezahlt, bis, ja, bis auf die bei der einen Bank).
So blieb Uli im Juni 2010 nur der Gang zum Insolvenzgericht.
Ihm schien das alles nichts auszumachen.
Dazu muss ich sagen, wir wohnen in einem kleinen Dorf und sind offen mit allem umgegangen, aber als die Gemeindeverwaltung die Privatinsolvenz drei (!!!) Monate lang im Schaukasten aushängen ließ, hat das meinen Mann schwer getroffen, waren doch seine früheren Parteikameraden für diesen Aushang mit verantwortlich!

Heute glaube ich, dass in dieser Zeit (Auswärtsarbeit, Insolvenz, Verlust des Ansehens) der Grundstein für seine Krebserkrankung gelegt wurde, obwohl lt. neuesten Studien diese Krebsart meist schon über Jahrzehnte im Körper lauert.
Er hat ja nie darüber gesprochen, sondern alles mit sich allein ausgemacht.

Unsere Beziehung gestaltete sich immer schwieriger, oft dachte ich an Trennung, Weggehen, Scheidung.

Wir hatten nicht mehr viel gemeinsam. Auch das Vater-Tochter-Verhältnis gestaltete sich immer schwieriger.

Im Oktober 2010 wurde es immer schlimmer. Uli war wie ein Pulverfass, die geringste Kleinigkeit brachte ihn zum Explodieren.

Und was tat ich? Ich schickte ihn zum Psychologen. Ihn, einen Menschen der nicht reden wollte, nicht reden konnte – ein sinnloser Versuch, wie ich heute weiß!

Seinen 50. Geburtstag im Oktober zu feiern, habe ich ihm ausgeredet, begründet mit zu wenig Geld, Peters Hochzeit, Niclas' Taufe und Carinas Konfirmation im nächsten Jahr.

Und das, obwohl ich wusste, dass Uli so gerne feiert.

Eine Sache, die ich mir bis heute nicht verzeihe!

Er war so ätzend, ich konnte ihn überhaupt nicht mehr verstehen, war doch jetzt alles „gut", er durfte daheim sein, keine Schuldenberge, die mehr drückten, zwei wundervolle Kinder …

Dann kam der Dezember 2010 – unser ganzes Leben veränderte sich – Bauchspeicheldrüsenkrebs mit Metastasen in der Leber – unheilbar …

Wenn ich in meinen Erzählungen zu pathetisch wirke oder vielleicht auch über manche Sachen verklärt berichte, bitte ich den Leser um Verständnis – aber so habe ich dieses Jahr 2011 in Erinnerung behalten.

12

Uli auf Malta 2007 - als alles noch gut war

Kapitel 2

Mama, schau mal, Papa ist ganz gelb im Gesicht!

Dezember 2010, wir haben Besuch von Austauschschülerin Nina aus Frankreich, alles konzentriert sich auf dieses Mädchen. Nina ist sehr kompliziert, sodass sich der ganze Fokus auf sie richtet.

Carina bemerkt so nebenbei: „Mama, schau mal den Papa an, der ist so gelb im Gesicht!"

Als ich ihn genauer betrachte, erschrecke ich, es stimmt! Gleich am nächsten Tag vereinbare ich einen Termin zur Blutabnahme beim Hausarzt.

Uli geht hin, ohne drüber zu reden, gibt aber mir gegenüber plötzlich zu, dass er schon länger leichte Schmerzen im Oberbauch hat.

Am Freitagabend gegen 19.30 Uhr klingelt das Telefon, unser Hausarzt ist dran mit dem Satz: „Ihr Mann hat ultrahohe Leberwerte!" Meine Frage, wie hoch, beantwortet er mit: „3000" (normal sind etwa 60), und kann sich nicht verkneifen, noch hinzuzufügen: „Na ja, die Dachdecker – die trinken gerne mal bisschen viel!"

Ich bin geschockt, doch auch von mir gibt es erst mal Vorwürfe: „Ich hab's ja immer gesagt, trink nicht so viel Bier. Irgendwie denke ich an Leberzirrhose, die kann man ja heilen …

14

Kapitel 3

Diagnose Bauchspeicheldrüsenkrebs – an meinem Geburtstag am 20. Dezember 2010

Der Untersuchungsmarathon beginnt am 17.12.2010 – Ikterus (Gelbsucht – Gelbfärbung der Haut) unklarer Ursache – Gewichtsabnahme – Schmerzen im Oberbauch.

Uli lässt alle Untersuchungen mit stoischer Ruhe über sich ergehen, wird schon nicht so schlimm sein!

Sonografie, Kontrastmittelsonografie, Koloskopie (Darmspiegelung), eben der ganze Bauchraum wird untersucht – Befund am 20.12.2010 – Ulis Aussage: „Ein Geschwür an der Bauchspeicheldrüse." Das Wort „Tumor" vermeidet er!

Meine genaue Nachfrage beim Gastroenterologen (Chef der Praxis, als sehr guter Diagnostiker bekannt, er war nur zwei Minuten für uns zu sprechen) ergibt folgende Aussage: „Pankreaskopfkarzinom – Lebermetastasen – bösartig, sofort nach Erlangen zum Stentlegen, der Gallengang ist verstopft und kann platzen!"

Mehr sagt dieser Facharzt nicht, lässt uns stehen, noch nicht mal die Papiere für die Überweisung bekommen wir.

15

Kapitel 4

Uniklinik Erlangen – Stenteinlage – Autounfall

Am 21. Dezember fahren wir nach Erlangen und übernachten bei meinen Paten in Nürnberg, bei denen ich, auch bei Ulis zukünftigen Klinikbesuchen, immer eine Bleibe finde.

Eigenartig, dass sofort ein Bett frei ist! Sonst muss man doch an einer Uniklinik ewig warten.

Mein Mann ist immer noch sehr gefasst, man merkt ihm nichts an.

Am nächsten Morgen begleite ich Uli, zusammen mit Peter, in die Klinik. Nach endlosem Warten auf dem Gang bekommt er ein Bett zugewiesen. Wir gehen gemeinsam zum Ultraschall und können auch mit dem Stationsarzt sprechen. Er erklärt uns alles auch sehr genau, nimmt sich Zeit für unsere Fragen – und das in einer Uniklinik!

Der Stent soll noch am selben Tag gelegt werden, damit die Gallenflüssigkeit ablaufen kann.

Wir verabschieden uns, ich möchte heimfahren und am nächsten Tag wiederkommen. Wenn alles normal verläuft, darf Uli gleich am nächsten Tag wieder nach Hause. Gegen 16.00 Uhr mache ich mich auf den Heimweg. Die A9 ist wie immer sehr voll, es ist bereits dunkel.

140 Kilometer liegen vor mir, Zeit für 140 Gedanken …

Plötzlich – bei Tempo 130 – steht auf der linken Spur ein Auto.

Vielleicht war ich ja doch zu abgelenkt. Es kracht – unser Audi rettet mir das Leben. Mit starken Prellungen werde ich ins Krankenhaus in Pegnitz eingeliefert, zum selben Zeitpunkt kommt Uli in Erlangen aus dem OP. Durch Carina wird ihm telefonisch die Nachricht von meinem Unfall überbracht. Sie berichtet ihrem Papa, dass die Mama nicht schwer verletzt ist, aber das Auto Schrott sei.

Und was macht er, eine halbe Stunde nach dem Stentwechsel? Rauchen!

Ach, übrigens, übermorgen ist Weihnachten!!!

Peter und meine Cousine Carola holen mich aus dem KKH, bringen mich nach Hause.

Uli fährt am 23.12. mit dem Zug heim, weil das Wetter katastrophal ist und wir erst einen Leihwagen brauchen.

Peter bleibt über Weihnachten bei uns. Seine junge, schwangere Frau lässt er in der Obhut seiner Schwiegereltern. Ich bin ihm sehr dankbar.

Weihnachten verbringen wir ohne Christbaum, jeder voller Zweifel und Hoffnung. Normalität oder gar festliche Stimmung kommt nicht mehr auf ...

Kapitel 5

Uniklinik Erlangen, die Diagnose Bauchspeicheldrüsenkrebs (BSDK) wird bestätigt

Am 27.12. muss Uli wieder nach Erlangen, zur Leberbiopsie, erst danach kann man Genaueres sagen.

Meine Befürchtungen bewahrheiten sich, leider wird die Diagnose bestätigt: duktales Pankreaskopfkarzinom (vier Zentimeter Durchmesser) mit zwei Metastasen auf der Leber.

Wir fragen den Arzt, ob wir über Silvester nach Stuttgart fahren können. Seine Antwort ist: „Ja, genießen Sie die Zeit, danach ist immer noch Zeit für die Chemo." Ich wundere mich, warum nicht schnellstmöglich mit der Chemo begonnen wird, möchte aber auch irgendwie mit Carina nach Stuttgart ins Musical – Egoismus pur!

Im Arztbrief steht: „Stentwechsel in drei Monaten, Portkatheteranlage, Vorstellung in einer onkologischen Fachabteilung zur Planung einer pal. systemischen Kombinationschemotherapie."

Erst Tage später weiß ich, was „pal." heißt, nämlich PALLIATIV – nicht heilend, sondern nur lindernd!

Warum kürzen die das im Arztbrief ab?

Mein Mann will davon überhaupt nichts wissen, er hat alle seine Befundberichte nie gelesen.

Am 28.12. hole ich Uli mit einem Leihwagen von der Klinik ab (er ist nach der Biopsie topfit!) und wir fahren erst mal wieder nach Hause.

Während der Rückfahrt auf der A9 müssen wir bei der Abschleppwerkstatt vorbeifahren, die unseren Audi nach dem Unfall übernommen hat. Wir suchen unser Auto, können es aber erst nicht finden.

Dann sehen wir, unter Schnee verborgen, ein zusammengeknautschtes silbernes Etwas. Uli ist entsetzt, er weint!! und sagt: „Mein Gott, du hattest einen ganz großen Schutzengel!"

Ich denke: „Und wo ist dein Schutzengel?!"

In der folgenden Nacht schimpfe ich mit ihm: „Mensch, du Rindvieh, du kannst mich doch jetzt nicht alleine lassen!"

Er erwidert: „Das werde ich nicht, ich verspreche es dir!"

Wir sind uns so nah wie schon lange nicht mehr …

Als nächster Satz kommt dann von ihm: „Die A… von der Bank haben mir meine Lebensversicherung genommen, wovon sollt ihr denn später mal leben?"

Ich bin sprachlos, hake nach, will mehr aus ihm herausholen, aber keine Chance – er redet nicht weiter.

Kapitel 6

Silvester in Stuttgart

Uli möchte auf jeden Fall mit uns nach Stuttgart fahren, haben sich doch Carina und ich schon so lange auf „Tanz der Vampire" und „Ich war noch niemals in New York" gefreut.

Uli hat uns diesmal, wie auch in den vergangenen Jahren, nicht in die Vorstellung begleitet. Seine Aussage dazu ist: „Das ist nichts für mich. Hauptsache, ihr habt Spaß!" Er hat sich immer über unsere Begeisterung gefreut.

Also sitze ich mit Carina am 31.12.2010 in der Vorstellung, Uli wartet im Hotel. Es ist grausam, weil meine Gedanken nur bei ihm sind, gleichzeitig darf ich Carina meine Stimmung nicht zeigen, und irgendwie möchte ich den Abend auch genießen ...

Wir drei verbringen den Silvesterabend bei einem guten Menü, fahren am 1. Januar 2011 wieder heim.

So rücksichtsvoll und vorsichtig (mein Mann merkt, dass ich auf der Autobahn tierische Angst habe) ist Uli, der es sich nicht nehmen lässt, die ganze Strecke allein zu fahren, noch nie gefahren!

Seit langer Zeit kommt mir sein Kosename „Schatzi" wieder über die Lippen ...

Kapitel 7

Portkatheteranlage im Krankenhaus N. – Onkologe Dr. H.: „Sie werden daran sterben!"

Am 14.1.2011 wird im Krankenhaus N. ein „Portkatheter" (Zugang zur Vene) angelegt. Auch jetzt wieder scheint Uli nicht aufgeregt zu sein. Er muss am Morgen nüchtern kommen, der Portkatheter soll unter das rechte Schlüsselbein implantiert werden.

Eine halbe Stunde nach der OP ruft er an, witzelt, er stehe vor dem Eingang des Krankenhauses (es hat minus zehn Grad!), ihm geht's gut, aber – er muss jetzt dringend rauchen!
  Mir fehlen die Worte …

Mein Mann darf am nächsten Tag wieder heim und möchte jetzt ganz schnell mit der Chemotherapie beginnen.
  Er hat zukünftig immer Angst, dass der Port verletzt wird, das Teil ist ihm suspekt!

Unser erster Termin in der onkologischen Praxis steht am 16.1.2011 an. Ich hab Angst, nehme mir vor zu fragen, wie lange Uli mit diesem aggressiven Krebs überhaupt noch zu leben hat. Meine Gedanken drehen sich nur um den Tod und Leiden – und um unsere finanzielle Zukunft! Ich weiß, dass ich so nicht denken darf, aber es geht mir nicht aus dem Kopf. Erst im letzten Jahr die Privatinsolvenz, jetzt die Frage nach Krankengeld, Rente usw.
  Ihn will ich damit nicht belasten, er meint nur nebenher: „So, jetzt bekommen die (Bank) gar kein Geld mehr!" Damit ist für ihn die Angelegenheit erledigt. Ich überlege, ob er die Restschuldbefreiung nach sechs Jahren überhaupt erleben kann?

21

Später stellt sich heraus, dass Uli Krankengeld erhält, dann sofort Erwerbsunfähigkeitsrente, die nicht hoch ist, weil er selbstständig war, dazu eine Berufsunfähigkeitsrente, die nicht gepfändet werden kann, aber es reicht zum Leben!

Zum ersten Mal seit 25 Jahren haben wir jeden Monat eine pünktliche Zahlung auf dem Konto, ich kann's gar nicht glauben. Da muss jemand erst todkrank werden, damit das Geld mal reicht, es ist abartig!

Während der Wartezeit in der Praxis schwirren mir diese perversen Gedanken im Kopf herum. Mensch, ich müsste doch ans Überleben, an die Chemo, an die Bekämpfung des Tumors und vor allem an Uli denken, aber es geht nicht … ich hab das Gefühl, keine Gefühle mehr zu haben.

Der Onkologe Dr. H. ist mir weder sympathisch noch unsympathisch. Er nimmt sich Zeit für uns, erklärt, dass die Chemotherapie wöchentlich stattfindet und das Medikament Gemcitabine heißt. Wir bekommen einen Zettel mit Nebenwirkungen und Warnungen vor Fieber – und den ersten Chemotermin.

Der erste Termin ist schon in vier Tagen! Uli sitzt vor dem Arzt, hört zu und möchte – wie immer – nichts wissen.

Meine Frage nach der Lebenserwartung bei BSDK beantwortet Dr. H., mit Blick auf meinen Mann: „SIE WERDEN DARAN STERBEN!"

Dieser Satz bohrt sich wie ein Pfeil in mein Herz, doch an Uli scheint er abzuprallen. Wie mag es in ihm aussehen, was denkt er, was geht in einem vor, wenn man sein Todesurteil hört?

Immer wieder versuche ich, ihn zum Reden zu bringen, aber das wird mir bis zum Schluss nicht gelingen.

22

Kapitel 8

Beginn der Chemotherapie

Am 20.1.2011 beginnt der erste Zyklus der Chemo. Uli fährt mit dem Taxikrankentransport in die onkologische Tagesklinik nach Hof, ist vier Stunden später wieder daheim, hat großen Hunger – und sonst passiert nichts …

Auch nach den nächsten Terminen, jeweils einmal wöchentlich – es passiert nichts. Ihm geht's gut, er ist ein wenig müde, aber nicht zu müde, um in seine Stammkneipe zu gehen.

Nach jeder Behandlung warte ich auf Nebenwirkungen, kann es nicht glauben, dass Uli das alles so einfach wegsteckt. Auch der zweite Zyklus verläuft ohne Probleme, nur die Beine tun ihm weh (was das bedeutet, erfahren wir erst viel später).

Kapitel 9

Unser erstes Enkelkind – Niclas – wird geboren

Am 17.2. beginnt der zweite Zyklus der Chemo, in der gleichen Nacht wird Niclas geboren. Als Peter in der Nacht anruft, dass Kaddi und er Eltern geworden sind, schießt mir eine alte Lebensweisheit meiner Oma durch den Kopf: „Einer kommt – einer geht."

Uli hat wieder Schmerzen in den Waden, kann kaum laufen.

Da die Beschwerden aber nur am ersten Tag nach der Chemo so stark sind, kann er damit leben, meint er.

Zwei Tage später fahren wir nach Nürnberg, unser Enkelkind besuchen. Uli fährt selbst, humpelt zu Niclas, Peter und Katrin in die Klinik und antwortet jedem, der ihn fragt: „Mir geht's gut!"

Auch der dritte Zyklus bereitet ihm keine größeren Schwierigkeiten.

Carola und Holger kommen, um beim Renovieren unseres Wohnzimmers zu helfen.

Uli lässt sich nichts anmerken, streicht die Wand, trägt die Möbel hin und her und gibt nicht zu, dass er fast nicht mehr kann.

Die Konsequenz seiner Schufterei ist eine Thrombose im rechten Arm. Der Arm sieht aus, als ob er gleich platzen würde. Die Thrombose kommt laut den Ärzten vom Tumor und wird ihn bis zum Ende begleiten.

Ich seh ihn noch heute seine Hand und seinen Arm beobachten: „Schau mal, ist nicht geschwollen, oder?" Er bekommt einen Thrombosestrumpf für Arm und Hand und trägt ihn tagein, tagaus, ohne Murren.

24

Kapitel 10

Erste MRT-Untersuchung – hat's was gebracht?

Am 11. April 2011 findet die erste Untersuchung in der „Röhre" statt.
Verbirgt Uli seine Angstgefühle vor mir? Jedenfalls lässt er sich nichts anmerken!

Aber noch von der Praxis aus, gleich nach dem MRT, ruft er mich an und schreit ins Telefon: „Das DING (er nennt dem Tumor immer nur „DING") ist kleiner geworden und die Metastasen sind um 30 Prozent geschrumpft!"
Zum ersten Mal schöpfe ich irgendwie Hoffnung.

Als er heimkommt, will er sofort in seine Stammkneipe ... so ist er halt!
Die gute Nachricht verbreite, wie immer ich, per Telefon.
Nachts liegen wir wieder eng zusammen in der Mitte unseres Bettes ...

Kapitel 11

Konfirmation Carina, Fieber, Krankenhaus

Carinas Konfirmation rückt näher, ich bin so froh, dass es Uli gut geht.

Am 28.4. Chemo, die Konfi ist am 1.5.2011, sollte eigentlich alles kein Problem sein.

Am Samstag kommen Carola und Holger: Nachmittags feiern wir in der Kirche alle das Abendmahl. Beim Pfarrer haben wir extra einen eigenen Kelch für meinen Mann bestellt, aus Angst vor Ansteckung (Grippe oder Ähnliches). Wir nehmen das Abendmahl gemeinsam ein, stehen mit traurigen Gedanken vor dem Altar. Auch hier schlucke ich meine Tränen runter, wie so oft denke ich: „Ute, du musst stark sein, lass dir nichts anmerken!"

Irgendwie geht es Uli heute nicht so gut.

Abends sind wir bei unserem Lieblingsitaliener. Uli hat keinen Appetit und auch sein Radler schmeckt ihm nicht.

Wir fahren heim, um noch ein wenig gemütlich zusammenzusitzen, und merken, dass es Uli schlechter geht. Er bekommt Schüttelfrost, das Fieberthermometer zeigt 38,5 Grad.

Obwohl er sich weigert und stark sein möchte, überreden wir ihn, sich im Krankenhaus untersuchen zu lassen.

In der Notaufnahme werden wir von einem netten Assistenzarzt empfangen. Diesmal kann mein Mann seine Angst nicht mehr vor mir verbergen, sein Blutdruck ist hoch und der Puls rast. Er will aber unbedingt am nächsten Tag zur Konfirmation nach Hause.

Nach Mitternacht fahren Carola und ich vom KKH nach Hause. Ich

26

befürchte, dass Ulis Plan, nach Hause zu dürfen, nicht klappt, lasse aber Carina nichts davon merken.

Doch tatsächlich, Uli darf am nächsten Morgen um acht Uhr auf eigene Verantwortung heim.

Unsere beste Freundin Andrea – wer sonst – holt ihn vom KKH ab.

Erst noch DUSCHEN – mit Fieber! Aber das ist typisch mein Mann, er ist niemals irgendwohin gegangen, ohne vorher zu duschen!

Konfirmation - Uli will unbedingt dabei sein!

Zusammen besuchen wir den Gottesdienst und auch mittags möchte er natürlich mit ins Restaurant. Am Nachmittag liegt Uli im Bett. Ich bin dauernd unterwegs, die Gäste bewirten und nach hinten zu ihm ins Schlafzimmer. Wieder Tränen, diesmal von uns beiden! Er ist so tapfer.

„Warum ausgerechnet heute?", frage ich mich. Er hatte sich so auf diesen Tag gefreut und war so stolz auf seine „große Tochter".

Am späten Nachmittag bringt Peter seinen Vater wieder zurück ins Krankenhaus. Ich bleibe bei unseren Gästen, ich fühle mich so hilflos und zerrissen.

27

Vier Tage später wird er entlassen, von da ab ist das Fieberthermometer sein ständiger Begleiter.

Von unserem Balkon aus haben wir eine herrliche Aussicht. Eines Nachmittags sitzen wir nach einem Gewitter draußen. Am Horizont bilden sich gleich zwei Regenbogen. Schnell hole ich meinen Fotoapparat, um dieses einmalige Bild festzuhalten.

Ich versuche meinen Mann für die Schönheit des Augenblicks zu begeistern, ihm zu sagen, das sei bestimmt ein gutes Omen, aber mein Uli, der Handwerker, meint nur: „Ist halt 'ne Luftspiegelung, sonst nichts!" Schade …

Ein doppelter Regenbogen – Mai 2011

28

Meine Bemühungen, Uli zu beschäftigen, sind nicht leicht. Ich schicke ihn einkaufen, Carina abholen, Kleinigkeiten reparieren, damit er sich nicht nutzlos vorkommt.

Fast jeden Montag besucht er seine Schwester Claudia, ordert Kaffee, raucht seine Zigarette, um dann seine Tochter von der Schule abzuholen. Später wird Claudia sagen, sie vermisst ihn an jedem Montag, wartet immer auf sein Klingeln.

Auf Anraten der Krebsberatungsstelle beantrage ich für Uli einen Schwerbehindertenausweis, er soll Steuerermäßigung und verbilligte Eintritte ermöglichen. Innerhalb von zwei Wochen kommt der Behindertenausweis: 100 Prozent schwerbehindert – unbefristet! Mir wird immer klarer, was das heißt. Trotzdem hoffe ich, dass mein Mann zu den fünf Prozent gehört, die nach fünf Jahren noch leben.

Uli wird diesen Ausweis nie verwenden, er ignoriert ihn einfach.

Kapitel 12

Urlaub am Bodensee

Im Juni kann ich meinen Mann überreden, ein paar Tage wegzufahren. Ich spüre, er hat große Angst, denkt, dass er im Notfall keinen Arzt erreichen könnte.

Wir fahren an den Bodensee und uns empfängt wunderschönes Wetter, aber die Hitze macht Uli sehr zu schaffen, die Temperatur klettert auf über 35 Grad.

Zum ersten Mal in unserer Beziehung muss ich vorneweg laufen. Er schafft nicht mal in Lindau den kleinsten Fußweg. Beide Füße und Unterschenkel schwellen an, mit meinen Wassertabletten kommt er nicht weit, die sind zu schwach. Trotzdem will er draußen sitzen, gut essen, und, wie er sagt, „genießen". Aber – wie halt immer in den letzten Wochen: „Die Beine!"

Weil es so heiß ist, statten wir der Spielbank einen Besuch ab, die ist nämlich klimatisiert. Wir gewinnen!!! Uli ist einfach nur glücklich, lebt auf! Er möchte eine Schifffahrt auf dem Bodensee machen. Diese Fahrt gehört zu meinen schönsten Erinnerungen vom letzten Jahr. Wieder sind wir uns unwahrscheinlich nah, gehen Hand in Hand (was wir lange nicht mehr gemacht haben), es ist wie vor 30 Jahren, wenn, ja wenn nicht …

Von diesem Zeitpunkt an nimmt er jetzt ständig Wassertabletten, aber die Ödeme kommen immer wieder.

Hafen von Lindau – Juni 2011

Kapitel 13

Wieder Stentwechsel in Erlangen

Im Juli muss der Stent erneut gewechselt werden. Uli geht in die Uniklinik, wieder mit dem Satz: „Wenn's weiter nichts ist!", ruft abermals eine Stunde nach dem Eingriff an, ist draußen beim Rauchen, alles wie immer.

Solange er in der Klinik bleiben muss, ruft er mich, wie jedes Mal, wenn er weg ist, alle zehn Minuten an – er nervt! Wie glücklich wäre ich heute, noch mal seine „nervende" Stimme zu hören …

Diesmal ist sein CRP-Wert (Entzündungswert) leicht erhöht, aber er entlässt sich am nächsten Tag auf eigene Verantwortung und fährt – was auch sonst – selbst nach Hause.

Auf dem Heimweg sagt er: „Jetzt gehöre ich zu denen, die das erste halbe Jahr überlebt haben, wirst schon sehen, ich schaff das!" Zum ersten Mal spricht er über seine Lebenserwartung, aber auch nur diesen einen Satz.

Aus unserer Nachbarschaft erreicht uns eine weitere Hiobsbotschaft: Erich, der Carina und Peter mit „aufgezogen" hat, leidet an Speiseröhrenkrebs. Er stimmt einer OP zu, aus der er nicht mehr erwacht. Zwei Wochen später stirbt er, wir sind erschüttert.

Uli hat nicht die Kraft, mit zur Trauerfeier zu gehen, es tut ihm zu weh. Wie fühlt er sich wohl, was mögen seine Gedanken sein?

Zusammen mit Carina begleite ich Erich auf seinem letzten Weg. Ganz bewusst habe ich meine Tochter gebeten, sich von unserem lieben Nachbarn am offenen Sarg zu verabschieden. „Papa Erich", wie Carina ihn gerufen hat, ist der erste Tote, den sie sieht …

32

Im Internet entdecke ich die Website der Uniklinik Greifswald. Ich rufe dort an und werde gebeten, sämtliche Befunde und Unterlagen zu faxen, was ich auch gleich tue. Der zuständige Arzt, Prof. Dr. Lerch, antwortet umgehend. Seiner Meinung nach wäre bei einem guten Allgemeinzustand des Patienten eine Therapie mit Folfirinox denkbar. Ich informiere mich über das Medikament, finde aber nicht viel Positives.

Eine Nachfrage bei Ulis Onkologen, Dr. H., ergibt auch irgendwie nichts Greifbares. Er meint nur, das sei ein Hammer-Medikament, mit viel stärkeren Nebenwirkungen, aber mein Mann könne gerne nach Greifswald fahren, um eine Zweitmeinung einzuholen. Doch man merkt, dass Dr. H. gar nicht erfreut ist. Ulis Meinung dazu ist: „Wenn mir das Medikament hilft, das ich jetzt bekomme, möchte ich auch nichts anderes probieren." Immer noch geht er davon aus, dass das „DING" operiert werden kann.

Sämtliche Unterlagen schicke ich zudem noch an die Uniklinik Heidelberg, auch hier kommt ebenfalls die Antwort – in diesem Stadium (mit Metastasen auf der Leber) sei keine OP möglich.

In diesem Zusammenhang fällt der Begriff „Whipple-OP", wieder was Neues.

Ich erkläre Uli, was eine sogenannte „Whipple-OP" bedeutet (fast alle Organe werden entfernt, nur Teile bleiben, ein Leben mit Verzicht und meist großen Schmerzen schließt sich an), aber er glaubt mir einfach nicht. Trotzdem möchte ich ihm den Mut nicht nehmen und greife das Thema vorerst nicht mehr auf.

Irgendwann in dieser Zeit, bitte ich ihn, doch eine Patientenverfügung aufzusetzen, aber er wehrt ab, sagt: „Mach ich später."

Kapitel 14

Zweite MRT-Untersuchung

Die zweite MRT-Untersuchung steht an. Vor dieser Untersuchung hat Uli größeren Respekt, das sehe und spüre ich, aber er redet nicht mit mir.

Das Ergebnis ist toll. Die Lebermetastasen sind nicht mehr erkennbar, der Tumor ist um weitere zehn Prozent geschrumpft. Auch sonst sind keinerlei pathologische Veränderungen erkennbar!

Bei der Besprechung beim Onkologen habe ich diesmal den Eindruck, er hat gar keine Zeit, vielleicht weil alles „gut" ist?

Ulis Frage, wie lange er diesen Thrombosestrumpf noch tragen muss, beantwortet Dr. H. sehr kalt: „Den müssen Sie tragen, solange sie noch leben!"

Weitere Erklärungen gibt es diesmal nicht. Ich bin enttäuscht, aber mein Mann will nur raus aus der Praxis.

Draußen im Wartezimmer sitzen lauter „lebende Leichen". Alle mit dieser komischen aschfahlen gelben Haut … Bei Uli ist diese Hautfarbe noch nicht so stark ausgeprägt, glaube ich zumindest.

Langsam verstehe ich, warum er mir nichts erzählen will. Jede Woche löchere ich ihn mit Fragen: „Wie war die Chemo? Hast du jemanden getroffen, den du kennst?" Heute denke ich, dümmer konnte ich wohl kaum fragen.

Andrea versucht, an ihn ranzukommen, beschwört ihn: „Uli, du musst mit Ute sprechen, sie an deinen Gedanken und Ängsten teilhaben lassen!" Seine Antwort darauf ist kurz und bündig: „Ich rede jede

34

Woche mit meinem Beutelchen Chemo und sag, du hilfst mir wieder eine Woche weiter."

Auch Andrea, zu der Uli großes Vertrauen hat, schafft es nicht, dass er sich ein wenig öffnet.

Kapitel 15

Hochzeit Peter und Katrin

Ein großer Termin rückt näher, 6. August, Peter und Katrin heiraten und Niclas wird getauft.

Diesmal lassen wir die Chemo vorher ausfallen, damit es keine unangenehmen Überraschungen wie Fieber, Wasser oder Übelkeit gibt.
Leider hatten wir im Vorfeld der Hochzeit einen Streit in der Familie. Uli tut so, als ob ihn das alles nicht berührt, will eigentlich gar nicht zur Feier gehen; ich merke aber, wie sehr er unter der ganzen Situation leidet. Immer wenn seine Schläfen pochen, sehe ich, wie seine Gedanken Achterbahn fahren.
Aber die Hochzeit unseres Sohnes wollen wir natürlich nicht verpassen!

Für Carina und mich heißt das: Hochzeitsklamotten kaufen.
Also, auf geht's nach Nürnberg, zum Shoppen. Carola unterstützt uns, damit wir im „Großstadtdschungel" nicht verloren gehen.
Selbstverständlich begleitet uns Uli und wartet im Café auf dem Hauptmarkt stundenlang auf seine beiden Damen. Als wir endlich zurückkommen, ist er nicht genervt so wie früher, wenn er auf uns warten musste, sondern genießt einfach die Sonne und ein Weißbier.

An diesem Nachmittag habe ich ein ganz schönes, berührendes Erlebnis. Mein Mann braucht wieder mal ganz dringend eine neue Sonnenbrille, die gefühlte 120.! Er bittet Carina mitzukommen, um ihn zu beraten, beide laufen Hand in Hand über den Platz. Da ich weiß, wie angespannt das Verhältnis Vater /Tochter noch bis vor Kurzem war, kommen mir fast die Tränen, so überwältigend ist das!

36

Jetzt braucht nur noch Uli einen neuen Anzug. Eigentlich will er gar keinen, schimpft: „Der alte geht doch auch noch!", aber ich lasse nicht mit mir reden und schleppe ihn ins Geschäft. Die Anprobe ist eine Tortur für ihn (so was hat er schon immer gehasst), er schwitzt, hat Schmerzen in den Beinen, jammert, er kann nicht mehr. Glücklicherweise finden wir einen wunderschönen Dreiteiler, so einen schicken Anzug hatte er noch nie!

Als ich an der Kasse stehe, wandern meine Gedanken in eine ganz andere Richtung, jedenfalls nicht in Richtung Hochzeitsfeier – ich schäme mich so …

Der große Tag ist da. Zusammen mit Jenny machen wir uns auf den Weg nach Seukendorf, wieder mal ist die Hitze unerträglich.

Im Vorfeld führen wir viele Gespräche; wie verhalten wir uns nach dem Streit und hoffentlich sagt keiner von uns beiden was Falsches. Uli freut sich, dass sein „Großer" heiratet und so glücklich ist.

Seine Füße sind erneut stark angeschwollen, aber ich bestehe auf Lackschuhen (wie dumm kann man eigentlich sein?).

Die Zeremonie in der Kirche wird gefilmt. Beim Einzug der kleinen Familie (Peter mit Niclas auf dem Arm und Katrin an der Hand) habe ich das Gefühl, in Niclas den „kleinen Peter" vor 28 Jahren vor mir zu sehen. Ein wunderschönes Brautpaar mit außergewöhnlicher Hochzeitskleidung betritt die Kirche und wir erleben eine berührende Trauung und eine lustige Taufe. Uli platzt fast vor Stolz, als Carina für ihren Bruder und ihre Schwägerin „Amazing Grace" singt.

Monate später, beim Betrachten des Hochzeitsvideos, entdecke ich eine Szene, die mich zutiefst erschüttert. Der Pfarrer spricht von Bitten und Wünschen, die jeder in der Stille an Gott richten darf. In diesem Moment schwenkt die Kamera zufällig in Ulis Richtung – er sitzt da, mit gefalteten Händen, den Blick nach unten geneigt – und nickt. Ich glaube, er hat ums Weiterleben, ums Überleben gefleht!

Trotz der Hitze schafft es mein Mann, die ganze Feier bis weit in die Nacht durchzustehen, andere jammern, er hält sich tapfer.

In dieser Nacht tanzen wir ein letztes Mal miteinander, ich habe keine Sekunde davon vergessen …

Hochzeit Peter und Katrin im August 2011

Kapitel 16

Kurztrip Europapark

Bereits im Frühjahr hatten wir für die Sommerferien eine Kurzreise in den Europapark Rust geplant.

Meine Bedenken, ob ihm das nicht zu viel sei, wischt Uli weg, meint, wenn wir alles langsam angehen und er sich immer zwischendurch wieder hinsetzen kann, ist das kein Problem. Und tatsächlich, mit großen Schmerzen in den Beinen läuft er zwei Tage durch den Park, fährt sogar mit Carina Achterbahn, sitzt abends noch lange mit uns draußen, isst und trinkt, raucht und – genießt das Leben.

Wie so oft denke ich, er kann doch nicht krank sein, das gibt's doch nicht. Auf allen Fotos, die wir im Park geknipst haben, sieht er gut, freudig und zufrieden aus. Diese Bilder sind heute wunderschöne Erinnerungen, die ich oft ansehe, immer mit dem Gedanken, wie glücklich Uli damals war.

Auf dem Rückweg nach Hause sagt Uli zu mir: „Schatzi, frag mich mal, wie's mir geht!"

Also: „Wie geht's dir?"

„Mir ging's schon lange nicht mehr so gut wie an den letzten vier Tagen!"

Die Entscheidung für diesen Kurzurlaub war goldrichtig!

Als ich mich auf der Heimfahrt an unsere vielen schönen Urlaubsreisen erinnere, denke ich daran, dass uns in der Vergangenheit immer aus finanziellen Gründen abgeraten wurde zu verreisen. Heute weiß ich, dass die damaligen Entscheidungen – gegen Geld und für unvergessliche Erlebnisse – genau richtig waren, wir haben unsere Ferientage immer genossen. Zum jetzigen Zeitpunkt, im September 2011, wären sie in so ausgedehnter Form wie früher nicht mehr möglich!

Europapark Rust – ausruhen auf einer Bank

Zu Hause wartet die nächste Chemo auf ihn. Der Chemotag scheint schon Gewohnheit zu sein. Uli fährt mit dem Taxi in die Praxis, kommt wieder, ist ein wenig müde, hat meistens leichte Temperatur, die Beine brennen, aber sonst? Fast täglich sitzt er auf dem Heimtrainer und strampelt sich ab, in der Hoffnung, dass es für die Durchblutung der Beine förderlich ist.

Alles wie immer – irgendwie denke ich, das geht jetzt immer so weiter.

Ende September erleben wir ein Chorkonzert in unserer Kirche. Unter Sebastians Leitung zeigen der Chor „Ichtys" und Carina mit einem Sologesang einen Beweis ihres Könnens. Ein weiteres Mal darf Uli,

40

der an diesem Abend vor Schmerzen fast nicht mehr laufen kann und trotzdem wieder bis zum Ende durchhält, stolz auf seine begabte Tochter sein.

Kapitel 17

Der Ahorn wird gefällt

Vor unserem Haus steht ein wunderschöner Ahorn. Mein Mann hängt sehr an diesem Baum, den sein Patenonkel Ludwig vor vielen Jahren gepflanzt hat.

Noch heute, wenn ich heimkomme, sehe ich ihn unter diesem Ahornbaum sitzen, in seinem FC-Bayern-Jogginganzug, mit einem alkoholfreien Weißbier – und mit seiner geliebten Zigarette im Mundwinkel.

Uli liebt seinen Platz auf der Bank unter dem Baum.

Leider können noch so gute Worte unsere Oma Jenny nicht daran hindern, den Ahorn abholzen zu lassen. Am Samstag, dem 27. September 2011, fällt der prächtige Baum unter großem Getöse.

Uli sitzt im Esszimmer, weint bittere Tränen und sagt: „Jetzt stirbt der Baum, jetzt muss ich auch bald sterben!"

Ich nehme ihn in den Arm und tröste ihn, kann aber selbst die Tränen nicht zurückhalten.

„Du bist so stark wie ein Baum, du wirst das schaffen", möchte ich ihm helfen, aber ich bin nicht überzeugend genug.

An diesem Tag hat er keinen Mut mehr, doch er rappelt sich wieder auf – jetzt erst recht!

Kapitel 18

Dritte MRT-Kontrolle, halt die Beine

Ende September steht die dritte MRT-Kontrolle an.

Diesmal ruft Uli nicht bei mir an. Als er heimkommt, ist er bedrückt, weil das Gerät in der Praxis nicht richtig funktioniert hat. Der untersuchende Arzt konnte nichts Genaues erkennen und will deshalb die Ergebnisse erst auswerten.

Fast 14 Tage vergehen diesmal bis zum Termin bei Dr. H.

In der Praxis angekommen, schweigen wir beide, ich greife immer wieder nach Ulis Hand.

Dann endlich bittet uns der Arzt ins Sprechzimmer, schaut auf seinen Monitor, liest den Befundbericht, um dann lächelnd zu sagen: „Herr Lang, Sie gehören zu dem Drittel Patienten, bei denen ein großer Erfolg zu verzeichnen ist. Es finden sich keine metastasenverdächtigen Herde und keine Lymphknotenvergrößerungen, die Areale auf der Leber sind nicht mehr sichtbar. Der Primärtumor ist auf 1,5 Zentimeter geschrumpft, ein großartiger Therapieerfolg!"

Uli fragt erneut nach der Möglichkeit einer OP, aber Dr. H. antwortet: „Sie müssen sich diese nicht mehr sichtbaren Metastasen vorstellen wie Unkraut, das sieht man auch nicht mehr und trotzdem kommt es ganz schnell wieder. Herr Lang, es wird für Sie keine OP und auch keine Heilung geben!"

Doch mein Mann glaubt weiterhin daran. Ihm ist wichtig, dass der Tumor zurückgegangen ist, alles andere scheint ihn nicht zu berühren, mehr will er jetzt auch nicht mehr wissen.

Freudig berichtet er allen vom guten Verlauf ...

43

Mit den nachfolgenden Chemoblöcken verstärken sich die Beschwerden in den Beinen. Ulis Schienbeine sehen aus, als ob sich die Haut marmoriert. In der onkologischen Praxis lässt er, auf mein Drängen hin, endlich den Arzt einen Blick darauf werfen. Der Kollege von Dr. H. sieht sich die Beine an und meint nur lapidar, das sei eine Nebenwirkung der Chemo, aber Uli soll trotzdem einen Chirurgen hinzuziehen. Also nächster Arzttermin, ein Chirurg in N.

Dessen Antwort werde ich nie vergessen: „Schmieren Sie Nivea-Creme drauf!"

Die Schmerzen werden heftiger, jetzt bilden sich kleine Einblutungen unter der Haut auf den Schienbeinen und es kommt zu oberflächigen Verkrustungen. Immer wieder motiviere ich Uli zum Laufen und Bewegen, denke, das tut ihm gut, aber er kann jetzt manchmal einfach nicht mehr.

Auch die Ausflüge mit seinem heiß geliebten Motorrad sind passé.

Weiterhin isst und trinkt er ohne Probleme, nascht und hat nicht abgenommen, sondern hält sein Gewicht von 84 Kilogramm.

Hinzu kommt noch ein unerklärlicher Husten (rauchen tut er noch, aber viel weniger). „Uli, bitte, hör auf mit dem Rauchen!" – jeden Tag bettele ich ihn drum, andererseits, das ist das Einzige, was ihm noch Spaß macht.

Der nächste Stentwechsel steht an. Diesmal gibt es ein paar Komplikationen. Der letzte Stent ist unbemerkt in den Bauchraum abgegangen, einfach verschwunden.

Aufgrund der „Grunderkrankung" (diesen Satz höre ich in Zukunft noch oft) wird nochmals ein Stent gelegt, doch es gibt Probleme bei der Narkose, Uli ist nicht in Tiefschlaf zu bringen. Der Professor in Erlangen meint, beim nächsten Stentwechsel sollte ein „Auslassversuch" erwogen werden, das heißt, vielleicht braucht er gar keinen Stent mehr!

44

Nach dem Eingriff fiebert mein Mann und hat erneut leicht erhöhte CRP-Werte. Diesmal muss er einen Tag länger bleiben – und ruft wieder viele Male bei mir an ...

Als ich den Befundbericht der Uniklinik Erlangen lese, bin ich empört. Das Schreiben wurde von einem Assistenzarzt verfasst und ein Satz darin lautet: „Dem adipösen (fettleibigen!!!) Patienten geht es gut" – und das bei einem Menschen, der eigentlich lt. Statistik schon tot sein müsste." Wie gefühllos muss jemand sein, der vier Kilogramm Übergewicht bei BSDK als „adipös" sieht!
Wir sind froh, dass er am Essen so viel Freude hat!

Am 13. Oktober ist Andreas Geburtstag. Uli freut sich, dass er mitfeiern kann, war dies doch in den letzten Jahren, bedingt durch seine Arbeit, meist nicht möglich. Er genießt den Nachmittag, geht am Abend noch in seine Stammkneipe, eigentlich immer noch alles wie gehabt ...

Kapitel 19

Uli wird 51 Jahre alt

Am 24. Oktober wird Uli 51 Jahre alt. Eigentlich möchte er nicht feiern.

Da sich die Schmerzen in den Beinen und auch die Einblutungen verstärkt haben, rät Dr. H. erst zum Aussetzen und danach zu einer Verringerung der Chemodosis, doch Uli will unbedingt weitermachen.

Auch der Husten wird immer schlimmer, ein Röntgenbild der Lunge ist aber unauffällig.

Inzwischen muss er zwei bis drei Wassertabletten nehmen, gegen die Schmerzen bekommt er Arixtra und Tramadol, was bewirkt, dass auch das Atemzentrum beruhigt wird und er fast keine Luft mehr bekommt. Das nächste Medikament ist Codein – es werden noch viele Medikamente folgen.

Nachts sitzt er im Bett und ringt nach Luft, sodass mir angst und bange wird.

Am Geburtstag besuchen ihn Peter, Kaddi und Niclas. Uli bläst zwar seine Kerzen aus, liegt aber dann den ganzen Nachmittag auf der Couch. Wir sitzen alle im Wohnzimmer, jeder kann sehen, dass es ihm nicht sehr gut geht. Abends besuchen ihn noch Gudrun und Heinz. Uli setzt sich kurz mit an den Tisch, muss sich aber nach kurzer Zeit wieder hinlegen. Auf alle telefonischen Glückwünsche antwortet mein Mann: „Danke, mir geht's gut – halt die Beine."

24. Oktober 2011 – Ulis letzter Geburtstag …

Am nächsten Tag kommt Andrea mit den allerbesten Wünschen und überreicht ihm eine Decke – er wird sie nie verwenden.

Eigentlich wollte Peter seinen Vater mit einer Ferrari-Fahrt überraschen, glaubt mir aber dann, dass sein Dad dafür keine Kraft hat.

Mein Geschenk für Uli ist, obwohl ich das nie mehr tun wollte, eine Uhr, was sonst!

Kapitel 20

Atemnot – Wasser – Schmerzen – Krankenhaus

Nach der Chemo am 31.10. geht es meinem Mann besonders schlecht, der Husten und die Schmerzen in den Beinen sind nicht mehr auszuhalten.

Am Samstag, dem 5.11., nach einer durchwachten Nacht, in der er nach Luft ringt, rufe ich am Morgen Andrea an, berichte von der Nacht. Ihre Reaktion ist eindeutig: „Bring ihn sofort ins Krankenhaus, oder willst du, dass er erstickt?"

Uli weigert sich, erst auf meine Drohung hin: „Dann geh ich und lass dich hier alleine!" ist er bereit, sich ins Krankenhaus einweisen zu lassen. Er schafft es fast nicht ins Auto, geht aber aufrecht in die Notaufnahme, erst dann lässt er sich erschöpft in einen Rollstuhl fallen.

Eigentlich findet sich im Aufnahmebericht nichts Besonderes, die Atemgeräusche sind nicht auffällig, keine Ödeme, beidseitige Hautnekrosen an den Beinen, Abdomen unauffällig, EKG ohne Befund. Kein Wasser in der Lunge. Er bekommt Sauerstoff und ein Beruhigungsmittel, wird auf die Station gebracht.

An diesem Abend ist ein Theaterbesuch mit Carina geplant. Uli möchte, dass wir hingehen, und nachdem auch der Arzt mir zuredet: „Ihr Mann ist versorgt, gehen Sie mit Ihrer Tochter ins Theater", tun wir das wirklich. Heute verstehe ich mich dafür nicht mehr, aber damals …

Am darauffolgenden Sonntag beginnen meine täglichen Besuche im Krankenhaus.

Uli liegt auf der inneren Station. Ein sehr netter Mann, der ihm viel hilft, ist sein erster Bettnachbar. Dieser Mann wird mir Monate später

49

berichten, wie schlecht mein Mann auf dieser Station behandelt wurde. Seine Aussage: „Wissen Sie eigentlich, wie gemein die Schwestern auf der Station zu Ihrem Mann waren?!", tut mir einfach nur weh …

Ich möchte im Nachhinein niemanden angreifen, kein Krankenhaus schlechtreden, aber ich darf mich doch fragen: „Wo bleibt die Menschlichkeit?" Allein das Wissen, dass mein todkranker Mann schlecht behandelt wurde, ist verletzend!

In den ersten Tagen bekommt Uli Sauerstoff und verschiedene Medikamente, die ich noch nicht einordnen kann. Der Assistenzarzt auf dieser Station ist meist der einzige Arzt, den ich zu Gesicht bekomme.

Ein einziges Mal treffe ich den Oberarzt, sein Kommentar ist: „Sie wissen doch um die Grunderkrankung Ihres Mannes!"

Immer wieder, bis kurz vor seinem Tod, fragt Uli nach: „Wann kann ich denn mit der Chemo weitermachen? Sonst wächst doch das DING wieder!"

Die Luftnot und die Schmerzen nehmen weiter zu.

Am 8.11. findet sich dann doch Wasser in der Lunge, sie muss punktiert werden. Danach ist mein Mann erleichtert, er bekommt wieder Luft, Gott sei Dank!

Jeden Tag ruft er mich an, gibt Bestellungen auf, was ich ihm mitbringen soll, und ist noch voller Zuversicht, dass ihm im KKH geholfen wird.

In den ersten Tagen muss ich noch jeden Tag die Zeitung mitbringen, ihn an seine Lieblingsfernsehserien „Dahoam is Dahoam" und „Lindenstraße", erinnern. Diese beiden Serien hat er so gut wie nie verpasst. Nach einigen Wochen merke ich, dass ihn Fernsehen nicht mehr interessiert.

50

Mit Einverständnis des Assistenzarztes fotografiere ich jeden Tag die Nekrosen an den Beinen, die wahnsinnig schnell wachsen, bereits nach einer Woche sind die Wadenbeine mit 10 bis 15 Zentimeter großen Grindflächen überdeckt.

Im KKH praktiziert ein „Wundspezialist", dieser Arzt hat einen sehr guten Ruf. Leider habe ich nie die Möglichkeit, ihn zu sprechen, er ist nie da. Angeblich hat er sich die Nekrosen angesehen, aber in keinem Arztbericht finde ich etwas darüber.

Die Blutuntersuchungen ergeben immer stärker erhöhte Werte.

Ulis Sauerstoffsättigung ist nach Ansicht der Ärzte genügend (93 Prozent, das ist meiner Meinung nach zu wenig!), er benötigt jedoch immer den mobilen Sauerstoff, wobei ich denke, dass er oft auch nur die Sicherheit braucht und an der Nasenbrille nur herumspielt.

Als Nächstes stellt sich Fieber ein, das sich nicht senken lässt. Erst auf Nachfrage bei der Schwester erfahre ich, dass das Fieber bereits zwei Mal auf fast 40 Grad geklettert ist.

Uli beginnt mir zu erzählen, die Schwestern wären unfreundlich; ich beruhige ihn, erwidere immer, dass die halt viel Stress haben, nehme ihn auch anfangs nicht ganz so ernst.

Meinem Mann fällt es nun zunehmend schwerer zu laufen, er bekommt zwei Krücken. Im Bett entwickelt er eine Schieflage, so als ob das Becken zur Seite geschoben wird.

Wir alle möchten ihn mobilisieren, er soll laufen, soll üben, üben …

Heute frag ich mich, wie denn, wenn er es vor Schmerzen nicht mal mehr zum Klo geschafft hat?

Es kommt der Tag, an dem Uli Morphin erhält – ab diesem Zeitpunkt ist nichts mehr wie zuvor …

Irgendwie verändert er sich im Wesen, ich kann mich aber nicht mehr erinnern, wann ich das bemerkt habe.

51

Bereits im Sommer bat ich meinen Mann, eine Vorsorgevollmacht, eine Patientenverfügung und eine Gesundheitsvollmacht zu unterschreiben. Damals hat er sich geweigert. Nun wage ich einen erneuten Versuch. Eine Patientenverfügung lehnt er ab, aber die beiden Vollmachten unterschreibt er mit den Worten: „Ich hab dir bis jetzt immer vertraut, also tu ich's auch diesmal." Da er zu diesem Zeitpunkt schon unter Morphin steht, datiere ich die Formulare zurück, was bleibt mir anderes übrig – ich will ihm doch nur helfen! Ja, im Schriftkram war ich schon immer sehr gut …

Carina besucht ihren Papa, wenn es ihr Schulpensum erlaubt, im KKH; sie sitzt dann meist in der Ecke und lernt. Außerhalb ihrer schulischen Aufgaben spielt sie noch im Jugendensemble des Theaters, diesmal die Hauptrolle.

Wir sind im festen Glauben, dass Uli eine der Vorstellungen im November besuchen kann, und wenn's im Rollstuhl ist. Auch er zeigt sich noch interessiert am Leben draußen.

Während seiner Chemobehandlungen teilt Uli sein Schicksal mit einem Bekannten aus unserem Dorf. Er hat eine andere Krebsart und ist genauso alt wie mein Mann.

Helmut G. stirbt im November. Ich weiß nicht, wie ich Uli diese schlechte Botschaft überbringen soll. Die Gefahr, dass er es im Krankenhaus erfährt, ist sehr groß, könnte sich doch ein Besucher verplappern. Also, lieber werde ich ihm davon berichten. Auf meine Nachricht: „Der Helmut ist gestorben!", reagiert er nur mit: „So schnell?", und fragt nicht weiter nach.

Uli möchte gerne duschen, aber kein Pfleger und keine Schwester findet Zeit. Er fühlt sich schmutzig. Sein Bettnachbar bietet ihm Hilfe an, wird aber vom Personal beschimpft, das gehe ihn nichts an! Eines Tages erzählt Uli mir, dass er vormittags mit dem Rollstuhl zur Du-

52

sche gebracht wurde, sich unter großen Schmerzen ausgezogen hat – und dann, ja, dann funktionierte die Dusche nicht. Die Schwester meinte lapidar: „Dann eben nicht, müssen Sie halt dreckig bleiben!"

Mein Mann kann die Unterschenkel nicht mehr zu Boden hängen lassen. Sobald er die Beine zum Boden lässt, schießt das Blut hinein, also geht auch das Sitzen nicht mehr.

Meine Fotos, die ich in diesem Buch lieber nicht zeigen möchte, dokumentieren die Ausbreitung der Nekrosen auf brutalste Weise.

Carinas Theaterpremiere naht. Einen Tag vorher, am 16.11., fahren wir zusammen ins Krankenhaus, danach muss ich sie ins Theater zur Generalprobe bringen.
    Als wir ins Krankenzimmer kommen, hören wir Uli auf der Toilette jammern. Ihm ist schlecht, er übergibt sich. Laut Auskunft seines Bettnachbarn hat er geklingelt, aber es ist niemand gekommen, so hat er sich auf seinen Krücken ins Bad gequält.
    „Uli, was ist los, soll ich helfen?", frage ich.
    „NEIN, geht schon wieder."
    Ein Blick auf sein Nachtschränkchen, und ich sehe die Bescherung: Er hat alle Medikamente, die eigentlich bis zur Nacht gedacht waren, auf einmal genommen, auch das Sevredol (Morphin), das er eigentlich nur auf Anordnung verabreicht bekommen darf.
    Die Stationsschwester wurde von mir schon Tage vorher davon in Kenntnis gesetzt, dass mein Mann das Morphin „bunkert"; ich hatte sie gebeten, ihm seine Medikamente persönlich zu verabreichen, mit dem Hinweis, dass er doch oft vieles verwechselt.
    Dies wurde mir zugesagt …

Uli quält sich wieder ins Bett zurück, wo er sich abermals übergibt. Carina flitzt nach draußen und alarmiert den Arzt. Plötzlich rennen alle, der Arzt bringt eine Infusion mit Paspertin. Dr. P. ruft laut und ärgerlich: „Herr Lang darf keine Medikamente mehr ins Zimmer bekommen!"

Mein Einwand, dass ich das schon lange verlangt habe, scheint niemanden zu interessieren!

Der folgende Satz der Stationsschwester ist mir bis heute in Erinnerung geblieben. Vor Ulis Bett stehen drei oder vier Schwestern und der Arzt, sie fragt laut in seiner Gegenwart: „Frau Lang, haben Sie Ihren Mann schon mal auf Hirnmetastasen untersuchen lassen? Der ist ja total durchgeknallt!"

Wie kann man am Bett eines Menschen, der nachweislich unter Morphin steht, so reden?

Ich muss Uli wieder beruhigen. Natürlich hat er alles gehört und ist ganz verstört. Er fragt mich noch einige Male, ob er wirklich Hirnmetastasen hat. Ich verneine. Das kann ich auch mit ruhigem Gewissen tun, denn es wurde keine diesbezügliche Untersuchung durchgeführt. Seinen verwirrten Zustand erkläre ich ihm einfach mit der Morphinmenge.

Probleme hat er auch mit seinem Handy und seiner Uhr. Beide kann er nicht mehr richtig bedienen. Er verschickt in einer Nacht 30 SMS an verschiedene Adressen und verstellt seine Uhr (er, der Uhrenspezialist!) immer wieder, ist verzweifelt, dass sie nicht funktioniert. Ich versuche, ihn zu überreden, das Krankenhaustelefon zu benutzen, aber er versteht nicht, wie er damit telefonieren soll.

Da er viele Anrufe – Gott weiß wohin – tätigt, muss ich ihm schweren Herzens sein Handy abnehmen: „Schatz es ist kaputt!" Ich verspreche ihm, es reparieren zu lassen, doch er glaubt mir nicht. Ich habe Angst vor den hohen Handykosten, die er durch sein „wildes" Telefonieren anrichtet.

Kapitel 21

Was ist nur im Krankenhaus mit dir passiert?

Am nächsten Tag, dem Premierentag von Carina, kommen meine Paten aus Nürnberg. Als sie Uli am Nachmittag besuchen, ist er gut drauf, wieder mal merkt man fast nicht, wie verwirrt er schon ist.

Die Premiere am Abend ist ein voller Erfolg. Uli fehlt mir so, er wäre so stolz auf seine Cippi!

Ein paar Tage später fragt mich eine Freundin, mit der ich die Vorstellung besucht habe: „Sag mal, ich habe den Eindruck, dass ihr beide (gemeint sind Carina und ich) euer Leben schon gut ohne Uli eingerichtet habt?!"

Entsetzt denke ich: „Kommt das denn so rüber?" Ich möchte doch Carina nur so viel Normalität wie möglich vermitteln!

Tags drauf, als ich ins Krankenhaus komme, möchte ich Carinas Dad vom Theater erzählen – er hat es vergessen!!!!!
ICH KANN ES NICHT BEGREIFEN!
Heute denke ich, er war so sehr mit seinen Schmerzen beschäftigt, dass alles außerhalb unwichtig wurde.

Zwei Tage später bringe ich einen großen Zeitungsartikel über die Premiere mit ins KKH. Er schaut auf das Foto und fragt: „Wer ist das?" Den Artikel liest er, glaub ich, nicht; ich vermute, dass er damals schon Probleme hatte, die Worte zu erfassen, hab's aber zu dem Zeitpunkt wieder mal nicht gerafft!

Von seinem Bettnachbarn muss ich erneut Schlimmes erfahren.

55

Uli ist bereits zwei Mal aus dem Bett gefallen; davon wurde ich nicht unterrichtet, und es ist auch kein Sturzprotokoll angefertigt worden.

Meine Bitten, ihn krankengymnastisch zu betreuen, da sonst die Muskeln erschlaffen und er nicht mehr gerade laufen kann, bleiben, bis auf vielleicht ein oder zwei Mal, ungehört. „Die Physio hat so viel zu tun", bekomme ich als Ausrede zu hören!

Vom Stationsarzt wird ein Ultraschall angeordnet, lt. Arztbericht sind im Bauchraum keine Veränderungen erkennbar, ein CT jedoch lassen die schlechten Nierenwerte nicht zu.

Ob sich im Gehirn Metastasen gebildet haben, kann mir keiner sagen, eine Untersuchung würde ja sowieso nichts bringen …

Die Schmerzen in den Beinen werden immer stärker. Inzwischen bekommt Uli 75-mg-Morphinpflaster und vier Sevredol-Tabletten am Tag, also bereits eine ziemlich hohe Dosis.

Da diese hohe Dosierung offensichtlich nicht ausreicht, schlägt der Arzt eine Schmerzpumpe vor. Der Schmerzkatheter soll ins Rückenmark eingepflanzt werden. Uli möchte diese Alternative versuchen und stimmt dem Eingriff zu. Gleich in der ersten Nacht nach der OP „vergisst" mein Mann, dass er nicht laufen kann, weil der Schmerzkatheter die Beine lähmt, steht auf und fällt erneut hin. Diesmal wurde ein Sturzprotokoll angefertigt, das einzige!

Am nächsten Tag stelle ich fest, dass er mit diesem Katheter nicht zurechtkommt. Er meint, er müsse doch laufen können, begreift nicht, dass die Schmerzpumpe nicht nur den Schmerz ausschaltet, sondern auch die Beine lähmt. Dazu kommt, dass die Beschwerden nach Aussage meines Mannes nicht viel geringer geworden sind. In der dritten Nacht zieht er sich die Schläuche selbst raus, weil ihn das alles „nervt".

56

Uli kann nicht mehr zur Toilette, muss auf den „Schieber", er schämt sich so sehr …

Er berichtet mir, dass eine der Schwestern ihn böse angeschnauzt hat mit den Worten: „Also, bevor ich auf die Schüssel gehen würde, tät' ich mir lieber die Kugel geben!"

Es tut so weh, ist so gemein! Mir stellt sich die Frage, wie sehr man als Pflegepersonal abstumpfen muss, bevor man so unverschämt wird. Eigentlich wäre es doch genug, einfach unpersönlich zu sein, das wäre, glaube ich, besser zu ertragen.

Zu Andrea, die ihn immer wieder besucht und zum Laufen animieren möchte, sagt Uli: „Ich bin in dieses Krankenhaus auf meinen eigenen Füßen gelaufen, und alleine werde ich auch wieder hinausgehen!"

Wenn man ihn verkrümmt im Bett liegen sieht, seine Gehversuche beobachtet, dann kommen ganz große Zweifel an diesem Vorhaben.

Andrea und ich wollen ihn immer wieder motivieren, ihn aufbauen, ermuntern ihn: „Wenn du laufen kannst, dann kannst du auch zu Hause versorgt werden, nur vom Wohnzimmer zum Schlafzimmer, das musst du schaffen!"

Wann immer von den Ärzten die Möglichkeit einer Entlassung ins Auge gefasst wird, macht wieder ein Fieberschub oder etwas anderes dieses Vorhaben zunichte. Seine Bauchspeicheldrüse, eigentlich der Grund seiner Erkrankung, verursacht ihm keinerlei Beschwerden. Er kann alles essen und isst gerne, freut sich, wenn ich von zu Hause „was Gutes" mitbringe.

Von Claudia bestellt er sich Bratwürste, die ihm auch prompt geliefert werden! Auch um seine Uhr zu stellen, beordert er seine Schwester immer wieder zu sich. Wenn ich bei ihm bin, stricke ich Strümpfe und rede und rede und rede …

In diesen Wochen schauen viele Freunde bei Uli vorbei. Meist kann er sich am Nachmittag nicht mehr erinnern, wer bei ihm war. Auch jetzt bemerken die Besucher oft nicht, wie verwirrt er ist, kann er sich doch immer noch unheimlich zusammenreißen.

Erst nach Ulis Tod, erfahre ich von einer Bekannten, wie sehr er sich jeden Tag auf meine Besuche gefreut hat. Ihr erzählte er: „Meine Frau tut für mich alles, sie ist immer für mich da!"
Niemand kann, glaube ich, verstehen, wie gut mir diese Aussage von meinem Schatz getan hat, denke ich doch noch heute, nicht genug für ihn da gewesen zu sein.

Die Luftnot und das Lungenproblem scheinen besser zu werden, jetzt sammelt sich Wasser vor allem in den Beinen. Zehn (!) Kilogramm hat er zugenommen! Teilweise sind seine Beine so dick, dass man die Zehen nicht mehr sehen kann. Die Schmerzen unter den Nekrosen und durch das Wasser sind für Uli unerträglich.

Meine Fotodokumentation setze ich fort.

Es ist erschreckend, wie schnell sich diese Unterblutungen ins Gewebe einfressen und wie rasant sie wachsen. Mein Mann lässt zu, dass ich seine Beine fotografiere, sieht sich die Bilder aber nicht an.
Eines Nachmittags bittet er mich, ihm ein Foto zu zeigen. Ich zögere, tue es dann aber doch. Scheinbar hat Uli seine Wunden in den letzten Tagen nicht mehr genau angesehen. Er ist entsetzt, weint: „Ach, du Sch…!"
Ich nehme ihn in den Arm, tröste ihn mit den Worten: „Die Nekrosen sind auch teilweise schon wieder am Heilen!", was auch stimmt.

Kurze Zeit später entdecke ich ähnliche Einblutungen an seinen Oberarmen, zeige ihm aber mein Erschrecken nicht. Mein Gott, wenn das an den Armen jetzt auch noch anfängt!

58

An diesem Nachmittag schieße ich ein Foto von ihm in seinem Krankenbett. Als ich das Bild zu Hause auf den Computer ziehe, erkenne ich, dass mein Mann nicht klar in die Kamera sieht. Irgendwie schaut er durch mich hindurch, es gruselt mich … aber trotzdem ist es das letzte Foto, auf dem er mich anschaut!

Einen Tag später, wieder was Neues, sind seine Beine notdürftig mit Mullbinden verbunden, meiner Meinung nach zu fest, da die Beine wie abgeschnürt wirken.
ICH BIN EIN MEDIZINISCHER LAIE!
Nachdem ich mir die Verbände genauer angesehen habe, entdecke eine wunde Stelle an der Ferse, weiß sofort, das ist eine „Dekubitus-Druckstelle". Auch das noch!
Als die Schwester hereinkommt, präsentiere ich ihr die Druckstelle und werde von ihr lapidar abgefertigt: „Das haben wir schon gesehen, müssen wir halt beobachten."
Anschließend fragt sie mich: „Haben Sie den Eindruck, dass die Nekrosen schlimmer geworden sind?" Ich bin entsetzt und antworte: „Ich habe das täglich fotografiert, aber den Verlauf müssen Sie doch wissen, das muss doch von Ihnen dokumentiert werden!"
Die Antwort dieser „netten" Schwester darauf ist dermaßen unverschämt: „Sagen Sie mal, Sie wollen uns wohl ans Bein pi...?"
NEIN, ich will meinem Mann doch nur helfen!!!!!!!!!!
Und wieder – auch wenn ich es schon oft geschrieben habe: Es tut so weh, Uli so hilflos zu sehen. Er will nur noch raus aus diesem Krankenhaus.

Mit starken Dosen von Entwässerungsmitteln bekommt man die Ödeme wieder besser in den Griff.
Von einem Tag auf den anderen spricht der Arzt von „Entlassung", da die Krankenkasse keinen weiteren Aufenthalt genehmigen könne.

Drei Tage vor seiner Entlassung komme ich auf die Station, will auf sein Zimmer zugehen, werde aber vom Assistenzarzt aufgehalten, da mein Mann in ein anderes Zimmer verlegt werden, musste warum wird mir nicht verraten.

Auf meine spätere Frage im Schwesternzimmer, ob evtl. ein ansteckender Keim für die Verlegung verantwortlich wäre, wird mir schnippisch geantwortet: „Wir haben hier überall Keime!"

Auf eigene Kosten und Verantwortung besorge ich Rollstuhl, Rollator, Sauerstoffgerät und alles, was man zur Pflege braucht. Ich habe keine Ahnung, wie das alles funktionieren soll, deshalb hole ich mir einen Pflegedienst zur Hilfe.

Sämtliche Angelegenheiten, auch die Beantragung der Pflegestufe, erledige ich selbst; hier haben mich die kompetenten Mitarbeiter der hiesigen AOK sehr unterstützt.

Dies alles geschieht innerhalb von drei Tagen, dann wird mir von der Stationsschwester mitgeteilt, dass mein Mann am kommenden Montag entlassen wird. Ich beantrage einen Liegendtransport, der widerwillig bestellt wird. Uli kann doch seine Beine nicht nach unten hängen lassen!

Aufrecht ging mein Mann ins Krankenhaus hinein, als Pflegefall bekomme ich ihn zurück …

Ich hoffe, dass ich zu Hause alles richtig vorbereitet habe. Am Freitag vor der Entlassung kommt nun endlich eine Physiotherapeutin und „übt" mit meinem Mann Laufen.

Es ist katastrophal. Seine Beine tragen ihn nicht, sind verbogen und gekrümmt, und seine Hüfte ist total verschoben. Ich schiebe den Rollstuhl hinterher, er schafft vier, fünf Schritte, dann kann er nicht mehr. Als ich das sehe, wird mir klar, dass das mit dem Laufen wohl so schnell nicht mehr funktionieren kann. Jetzt hoffe ich nur noch, dass ich zu Hause eine Möglichkeit finde, Uli in den Rollstuhl und von da aus ins Bett zu bekommen.

Am Sonntag vor Ulis Heimkehr habe ich ein beklemmendes Erlebnis.
In der Nacht von Samstag auf Sonntag träume ich, dass mein Ehemann gestorben ist. Beerdigt wird er in meinem Traum von meinem Cousin Dirk.
Sonntagmittag klingelt es bei mir an der Haustür, Dirk steht draußen.
Mein Cousin und ich sind zusammen aufgewachsen, er war unser Trauzeuge und ist heute Pfarrer in einer 100 Kilometer entfernten Gemeinde. Wir haben losen Kontakt, d. h., ein bis zwei Mal im Jahr „schneit" er einfach, meist ohne Voranmeldung, bei uns herein.
Ich freue mich sehr, ihn zu sehen, und bin tief berührt, als er sagt: „Ich hatte das Gefühl, dass ich wieder mal vorbeischauen müsste!"
Dirk weiß zu diesem Zeitpunkt nicht, wie schlecht es um Uli steht. Es folgt ein langes, intensives Gespräch, bei dem ich Dirk das Versprechen abnehme, wenn's so weit ist, meinen Mann zu beerdigen.
Den Abschluss von Dirks Besuch bildet ein Gebet, eigentlich nicht mein Ding, aber diesmal scheint es mir richtig und gut!

Nachmittags führt mich mein Weg natürlich wieder ins Krankenhaus. Uli ist so glücklich, dass er am nächsten Tag heim darf, es kann doch alles nur besser werden!

Kapitel 22

Morphin und 25 Tabletten täglich

Bei Ulis Rückkehr nach Hause wird mir vom Sanitäter der Arztbrief ausgehändigt, in dem auch die Medikation aufgelistet ist.

Kein einziges dieser Medikamente hat er mitbekommen. Nicht eine einzige Schmerztablette, nicht mal für die nächsten Stunden, obwohl er schon wieder starke Beschwerden hat!

Nur der schnellen, unbürokratischen Hilfe seiner Hausärztin und unserer Apotheke haben wir es zu verdanken, dass mein Mann am Abend nicht ohne schmerzlindernde Arznei dasteht.

Wenn ich das Morphin und das Schmerzpflaster nicht bereits drei Tage vorher bei der Apotheke bestellt hätte, wäre er mindestens einen Tag und eine Nacht ohne diese stark wirksamen Medikamente gewesen, was sicherlich einen erneuten Notarzteinsatz erfordert hätte.

Ich frage mich nur, wie das jemand bewältigen soll, der sich nicht so intensiv mit der ganzen Thematik befasst wie ich.

Wie kann man Menschen so alleine lassen?

Ulis Medikation beläuft sich auf 25 Tabletten täglich, dazu das Fentanyl-Pflaster (Morphin).

Ich sitze mindestens eine Stunde am Tisch und sortiere die Tabletten in die Wochenbox. Ich habe großen Respekt vor dieser Aufgabe und passe höllisch auf, um nichts zu verwechseln. Beruhigungsmittel, Schmerzmittel, Blutdruckmittel, Wassermedikamente, Schleimlöser, Schlaftabletten, Schilddrüsenmedikamente, Abführmittel und dazu das Morphium, fast der Inhalt einer Apotheke. Wie soll ich die alle in Uli „reinbekommen"?

Über alles muss ich genau Buch führen, vor allem über das Pflaster. (Nach seinem Tod habe ich noch 30 Pflaster und 100 Sevredol-Tablet-

62

ten übrig. Es interessiert niemanden, was mit diesen starken Opiaten passiert, sie werden nicht zurückgefordert!)

Ach, im Arztbrief steht noch: „Die Ehefrau möchte die Versorgung zu Hause übernehmen, wir empfehlen die Unterbringung im Pflegeheim." Kein einziges Mal wurde vonseiten der Stationsleitung oder des Arztes mit mir darüber gesprochen, dass die Pflege zu Hause evtl. nicht zu bewältigen ist!

Aber ich glaube, dass wir das hinkriegen können, wenn er nur erst mal wieder daheim sein kann!

Kapitel 23

Daheim – aber nur für zwei Tage!

Am 12. Dezember mittags kommt Uli mit einem Liegendtransport nach Hause. Er hat große Schmerzen, ist aber überglücklich.

Beim Auspacken seiner Sachen bemerke ich, dass seine Zahnbürste trocken ist und die Zahnpasta vielleicht nur ein oder zwei Mal benutzt wurde. So viel zum Thema Pflege, mein Mann war bettlägerig, vollgepumpt mit Opiaten, hatte große Schmerzen, aber noch nicht mal eine Grundpflege wurde durchgeführt!

Trotz seiner Verwirrtheit spüre ich, wie er sich langsam entspannt. Wir betten ihn im Wohnzimmer auf die Couch. Er will fernsehen, Kaffee und – das war so was von klar – eine Zigarette!!!

Ich handle einen Deal mit ihm aus: Erst was essen, dann versuchen, in den Rollstuhl zu kommen, dann die Zigarette – es klappt! Uli genießt sein „Kippchen", das erste seit dem Tag seiner Einlieferung in die Klinik.

Nachmittags kommt der Pflegedienst, eine Frau, die gerade erst angelernt wurde und meiner Meinung nach wenig Ahnung hat und noch dazu sehr ungepflegt wirkt. Sie möchte die Beine neu verbinden, traut sich aber nicht so recht.

Wir warten lieber auf die Hausärztin, die für den Abend angekündigt ist, doch auch sie wagt nicht, die Verbände zu öffnen, will noch abwarten; wie soll das weitergehen?

Andrea erkennt ebenso, wie sehr Uli sich gegenüber fremden Menschen zusammenreißt – man kann es nicht glauben. Er hat Hunger und freut sich auf meine Spaghetti. Wir bauen ihm einen Tisch an

64

die Esszimmercouch, sodass er mit uns zusammen essen kann. Es ist so schön zu sehen, wie es ihm schmeckt!!!

Nach dem Essen erkläre ich ihm, dass ich nur kurz ins Bad gehe und er auf mich warten soll, damit ich ihm wieder auf die Couch im Wohnzimmer helfen kann. Ich benötige etwa zehn Minuten im Bad. Als ich wiederkomme, bleibt mir fast das Herz stehen – Uli ist weg!

Sein Sauerstoffgerät ist zur Seite geschoben, Kissen liegen auf dem Fußboden. Mein „Göttergatte" hat sich eine „Rutsche" zum Fußboden gebaut, ist wahrscheinlich zur Wohnzimmercouch gerobbt, liegt dort und grinst mich saufrech an. Auf mein Schimpfen reagiert er nur mit: „Siehst du, ich kann es doch alleine!"

Sein Wille ist ungebrochen …

Am Abend stellt sich die Frage, wie wir ihn ins Bett kriegen. Andrea – wer sonst – muss wieder zum Helfen antreten. Mit Carinas Hilfe schaffen wir es, Uli in den Rollstuhl zu heben und ins Bett zu bringen. Er ist kaputt und müde, möchte gerne, dass ich gleich mit ins Bett komme, aber ich vertröste ihn, erwidere: „Ich muss erst noch aufräumen und deine Medikamente vorbereiten." Hoffentlich schläft er bald ein!

Andrea muss mir zeigen (mithilfe von Carina als Patient), wie man den Schieber benutzt. Ich habe so was noch nie gemacht und traue mir das nicht so recht zu. Meine Freundin jedoch beruhigt mich und meint, das lerne man ganz schnell.

Die erste Nacht wieder zu Hause; Uli schläft doch nicht ohne mich ein, er ruft immer wieder nach mir, also gehe ich auch ins Bett.

An Schlaf ist aber nicht zu denken. Er will immer wieder aufstehen, aufs Klo oder sich was zum Trinken holen. Trotz der Schmerzen lässt er sich nicht überreden, liegen zu bleiben, er vergisst es immer wieder!

Mitten in der Nacht verlangt er eine zusätzliche Sevredol-Tablette, die Schmerzen kommen mit brachialer Gewalt zurück. Während der ganzen Nacht halte ich ihn fest, halte ihn wie ein Kind in meinen Armen. Ich merke, dass er ruhiger wird, wenn ich ihn nicht mehr loslasse. Das ist nicht mehr mein Uli, den ich da umklammere, sondern ein schmerzgeplagter, verwirrter Mensch … aber ich spüre, dass er mich braucht!

Tage später wird mich meine Freundin Doris fragen: „Und, hast du dich in dieser Nacht von ihm schon ein wenig verabschieden können?" Wieso VERABSCHIEDEN?, frage ich mich …

Der nächste Tag ist stressig, die Frau vom Pflegedienst erscheint, obwohl für zehn Uhr angekündigt, erst um 12.30 Uhr, um meinen Mann zu versorgen. In mir macht sich Entsetzen breit, denn sie wäscht ihn erst unten und dann mit dem gleichen Waschlappen oben! Danach bin ich mir sicher, das kann ich selber.

Er bekommt ein neues Morphinpflaster geklebt. Den ganzen Nachmittag lang besteht er darauf, dass ich neben ihm sitzen bleibe.

Nun ist Uli wieder total konfus, sieht Matratzen an der Decke, erkennt die Weihnachtsbeleuchtung nicht und kann nicht sagen, wie viel Uhr es ist; das Morphium verwirrt seine Gedanken. Permanent stehe ich in telefonischem Kontakt mit Peter. Er will helfen, weiß aber auch nicht wie.

So sitze ich neben meinem Mann auf der Couch und – stricke …

Als Carina von der Schule kommt, blödelt sie mit ihrem Papa, „befiehlt" ihm, dass er liegen bleiben soll und nicht so „frech" (Scherz) sein soll. Er hat wenig Schmerzen, will daher auch immer wieder aufstehen. Sobald er sich nicht mehr beaufsichtigt fühlt, sitzt er schon und versucht zu laufen. Eigentlich ist es ja kein Wunder, haben wir doch immer von ihm gefordert, dass er unbedingt laufen muss!

66

Zum Abend hin wird er ruhiger und schlummert ein. Das Abendessen bleibt unberührt, da er ganz fest eingeschlafen und durch nichts mehr wach zu bekommen ist – das Schmerzpflaster wirkt.

Neue Gedanken schießen durch meinen Kopf: Wie kann ich Uli 24 Stunden am Tag beaufsichtigen, wie soll das in Zukunft funktionieren?

Pünktlich um 21 Uhr steht Andrea wieder vor der Tür, um Uli ins Bett zu bringen, was diesmal nicht möglich ist. Er schläft wie ein Komapatient, sieht aus, als ob er stirbt, und zeigt keinerlei Reaktionen mehr. Was sollen wir bloß tun?

Wir beschließen, ihn auf der Couch liegen zu lassen, legen Kissen und Decken davor und sichern alles so gut wie möglich ab. Mein Nachtlager schlage ich auf der Esszimmercouch gleich daneben auf. Immer wieder höre ich auf seine Atmung, alles ruhig, fast zu ruhig.

Irgendwann muss ich eingeschlafen sein.

Plötzlich ein Knall, Glas fällt um, ich springe auf, knipse das Licht an – ein Blick zur Uhr: Sie zeigt drei Uhr.

Wo zum Teufel ist mein Patient??? Er liegt nicht auf der Couch, sondern, ich erschrecke zu Tode, hat den Glastisch umgeworfen, die Balkontür geöffnet und sitzt vor der offenen Tür am Boden. „Schatz, was machst du denn?", rufe ich, stürze zu ihm – er grinst mich an und antwortet: „Ich muss doch auf die Arbeit! Wo ist mein Arbeitsbuch, und wo sind meine Arbeitsklamotten?"

„Uli, es ist Nacht. Du bist krank, du musst nicht zur Arbeit!", versuche ich ihn zu beruhigen, doch es dauert lange, bis ich ihn überreden kann, mit meiner Hilfe wieder auf die Couch zurückzukehren. Er ist bleischwer, kann sich nicht hochziehen, scheint aber wieder „da" zu sein und lächelt mich an.

Auf meine Frage hin, was er denn gerade denkt, antwortet er: „Ich bin grad beim G. (der erst vor Kurzem an Krebs verstorben ist) und sitze mit ihm auf einer schönen grünen Wiese!"
MIR FEHLEN DIE WORTE!
Erst viel später weiß ich diesen Satz zu deuten …

Uli schläft wieder ein. Den Rest der Nacht verbringe ich halb sitzend neben ihm. Am nächsten Morgen hat sich an der Situation nichts verändert. Ich schleiche mich aus dem Zimmer, um zur Toilette zu gehen. Als ich zurückkomme, ist er wach, sitzt auf der Couch und ist gerade damit beschäftigt, wieder aufzustehen. Das klappt natürlich nicht und mein Mann rutscht wieder zu Boden.
Alle Vorwürfe und mein Schimpfen prallen an ihm ab. Er grinst nur, benimmt sich wie ein kleines Kind, kaspert rum, ich weiß mir keinen Rat mehr!

Bereits seit einigen Wochen beschäftige ich mich mit dem Gedanken „Palliativstation Hof", aber mein Mann wollte nie etwas davon hören; keine Chance, mit ihm überhaupt darüber zu diskutieren.

In meiner Hilflosigkeit greife ich diese Möglichkeit wieder auf und versuche telefonisch einen Rat zu bekommen.
Gleich beim ersten Anruf auf der Station werde ich mit dem Chefarzt Dr. v. Hoesslin verbunden.
Auf meine Schilderung vom Krankheitsverlauf und der momentanen Situation reagiert Dr. v. Hoesslin sofort und meint: „So wie Sie das beschreiben, können Sie Ihren Mann nicht zu Hause behalten, weil er sich selbst gefährdet und auch die Schmerzmittel nicht so anschlagen wie gewünscht. Wir haben hier auf der Station nur sechs Betten. Eines ist frei, das kann ich aber nur bis heute 14 Uhr für Ihren Mann freihalten. Sie müssen sich also schnell entscheiden."

68

Nach der Zusicherung meines Rückrufs innerhalb der nächsten Stunde informiere ich Peter und Andrea. Was soll ich tun?

Peter und auch Andrea sind der Meinung, dass Uli auf einer solchen Station besser versorgt wird, ihm vielleicht dort geholfen werden kann; und sei es nur, um die unzähligen Medikamente besser einzustellen.

Andreas Eintreffen kommentiert Uli mit lustigem Gekasper: „Ach, die Gretel ist auch wieder da!" Auch ihr ist es nicht möglich, ihn am Aufstehen zu hindern – er will in die Küche, um für seine „Gretel" Kaffee zu kochen.

Keine Chance, vernünftig mit ihm zu reden, der Morphinspiegel ist einfach zu hoch.

Die Entscheidung ist gefallen. Ich verständige Dr. v. Hoesslin, bestelle einen Krankentransport und bitte Peter von Fürth herzukommen (er wird in den nächsten Wochen nur zwischen seiner kleinen Familie und seinem Elternhaus hin und her pendeln). Mein Sohn sichert mir zu, sich sofort ins Auto zu setzen, damit er uns beistehen kann.

Andrea und ich reden mit Engelszungen auf Uli ein, versuchen ihm die Situation begreiflich zu machen, aber es kommt nichts an, er verweigert sich total.

Das ist nicht mehr mein Mann. Diese verdammte Krankheit und dieses Morphin haben ihn so verändert, ich kann nicht mehr mit ihm reden. Leider wird das bis zum Ende so bleiben!

Ungefähr zwei Stunden später trifft Peter zusammen mit dem Krankenwagen ein. Als mein Mann seinen Sohn sieht, ruft er: „Ihr müsst doch denken, ich bin blöd – ich will nicht wieder ins Krankenhaus!" Er tobt und wehrt sich, will von der Trage wieder runterspringen – mein Herz blutet!

Ich bitte die Sanitäter, gut auf ihn aufzupassen, und fahre zusammen mit Peter dem Krankentransporter hinterher. Da wir gleichzeitig mit dem Rettungswagen in der Notaufnahme ankommen, warte ich schon, als die Trage ausgeladen wird.

Uli schaut mich hasserfüllt an und sagt nur einen Satz, den ich nie vergessen werde: „Das hast du ja toll eingefädelt – jetzt bist du mich endlich los!"

Von da an sieht er mich nicht mehr an und ignoriert mich auch in den kommenden Stunden. So hilflos war ich noch nie. Aber was hätte ich denn sonst tun sollen?

Auch Peter findet momentan keinen Zugang zu seinem Vater.

Kapitel 24

Palliativstation Hof

So, hier sind wir nun. Heute ist Mittwoch, der 14. Dezember 2011. Dank Dr. v. Hoesslin umgehen wir die Prozedur der Notaufnahme und dürfen sofort direkt auf die Station. Mit all seinen Kräften wehrt sich Uli, versucht immer wieder, die Gurte der Trage zu öffnen, und lässt sich von niemandem beruhigen.

Zwei Schwestern empfangen uns. So eine liebevolle Atmosphäre in einem Krankenhaus habe ich noch nie erlebt.

Mein Mann wird in ein holzvertäfeltes Zimmer mit eigener Dusche, groß, hell und freundlich, gebracht – eigentlich ein Ort zum Wohlfühlen und Erholen.

Er wollte doch so gerne duschen – es wird nicht mehr klappen …

Wenige Minuten später klopft es, Dr. v. Hoesslin und Stationsarzt Dr. Martinek treten ein. Das gesamte Aufnahmegespräch wird von Dr. v. Hoesslin alleine geführt, es dauert über eine Stunde. Einfühlsam versucht der Chefarzt mit seinem neuen Patienten Kontakt aufzunehmen, stellt Fragen, an deren Beantwortung er genau feststellen kann, in welchem Zustand sich mein Mann befindet.

Behutsam erkundigt sich der Arzt: „Herr Lang, an welcher Krankheit leiden Sie?", und Uli antwortet zum ersten und einzigen Mal ganz konkret: „Ich habe Bauchspeicheldrüsenkrebs."

Nach wie vor möchte mein Mann keinesfalls im Krankenhaus bleiben. Der Arzt erwidert, dass niemand gezwungen wird, auf dieser Station zu bleiben, erklärt ihm aber gleichzeitig mit eindringlichen Worten, dass es hier möglich ist, seine Schmerzen in den Griff zu bekommen.

71

Dr. v. Hoesslin legt tröstend die Hand auf den Arm meines Mannes und versichert ihm: „Herr Lang, Sie müssen nicht mehr stark sein, Sie dürfen weinen!"

Und tatsächlich, Uli weint vor einem wildfremden Menschen, er weint bitterlich …

Irgendwann willigt er doch ein zu bleiben, eine andere Möglichkeit hat er ja nicht!

Dr. Martinek bittet ihn, sich die Wunden an den Beinen ansehen zu dürfen, auch das lässt Uli zu.

Da ich direkt neben dem Bett sitze, kann ich beobachten, wie der Stationsarzt die Mullbinden mithilfe einer Pinzette Millimeter für Millimeter öffnet. Er arbeitet so vorsichtig, dass mein Mann nichts davon merkt. Das Gespräch mit dem Chefarzt strengt ihn an und lenkt ihn von den Schmerzen ab.

Die Wunden sind vereitert, mit den Mullbinden verklebt, riechen stark und sehen einfach nur grausam aus. Nicht auszudenken, wenn diese Verbände vom nicht geschulten Personal des Pflegedienstes entfernt worden wären! Gott sei Dank konnte ich meinem Mann wenigstens diese Horrorerfahrung ersparen.

Dr. v. Hoesslin stellt viele Fragen, an den Antworten kann man erkennen, wie verwirrt Uli ist; trotzdem sind Peter und ich erstaunt, wie er sich auch jetzt wieder zusammennehmen kann. Er erzählt seine Krankengeschichte, spricht vom TUMOR, berichtet, dass der Tumor kleiner geworden ist – und fragt tatsächlich, wann er mit der Chemotherapie fortfahren kann. Darauf bekommt er vom Arzt eine präzise Antwort: „Herr Lang, eine Chemo im jetzigen Zustand würde Sie umbringen!"

Während des Gesprächs stellen wir immer wieder fest, dass Uli zeitlich und räumlich nicht orientiert ist. Ich bezweifle aber, ob das auch ein Fremder erkennen könnte.

Erstmals wird in Betracht gezogen, einen Wundspezialisten zu konsultieren, den Wundverlauf mit Fotos zu dokumentieren und die vielen Medikamente zu überprüfen. Vielleicht können sie ihm hier helfen!

Als sich die beiden Ärzte verabschieden, gehen wir mit vor die Tür, eine Schwester bleibt bei Uli.

Meine Frage an Dr. v. Hoesslin, zu dem ich sofort Vertrauen gefasst habe: „Ist dies schon das Endstadium?", beantwortet er ausweichend: „Bei dieser Art Krebs wage ich keine Prognose, ich habe schon alles erlebt."

Auch er kann uns also nichts Genaues sagen, kann und darf sich auch auf nichts festlegen. Ich versteh das ja, aber was kommt jetzt auf Uli zu???

Das ganze Personal der Station hat uns sehr freundlich aufgenommen, und so verfestigt sich unser Vertrauen ganz schnell. Die Schwestern bieten uns an, zu jeder Tages- und Nachtzeit anzurufen, vorbeizukommen oder auch hier zu übernachten. Das sind keine leeren Worte. Egal wann wir in den nächsten Wochen anrufen oder irgendwelche Fragen und Wünsche äußern, alle Mitarbeiter und auch die beiden Ärzte haben immer Zeit und ein offenes Ohr für uns.

Peter und ich verabschieden uns von Uli. Er scheint seine momentane Situation angenommen zu haben und ist uns, glaube und hoffe ich, nicht mehr allzu böse.

Kapitel 25

Wieder Hoffnung – halt die Beine

Am Abend telefonieren wir miteinander. Ich habe den Eindruck, Uli ist ruhiger geworden. Wir haben ihm sein Handy zurückgegeben, da er mit dem Telefon im Zimmer nicht zurechtkommt (damit würde auch ein gesunder Mensch nicht klarkommen – viel zu viel Technik, dazu wird auch noch das Fernsehgerät damit gesteuert). Abermals ist mein Mann verzweifelt, dass er die einfachsten Dinge nicht hinkriegt.

Die darauffolgende Nacht ist fürchterlich. Mein schlechtes Gewissen holt mich ein. Die Gedanken: „Hätte ich Uli doch zu Hause gelassen, wieder habe ich ihn abgeschoben, warum bin ich nicht stark genug, um bei ihm zu bleiben und das mit ihm durchzustehen?", lassen mich nicht zur Ruhe kommen.

Mein Weinen weckt schließlich Peter, der über Nacht bleibt, aber auch seine tröstenden Worte erreichen mich nicht wirklich.

Jeder der folgenden Tage bedeutet eine große Anstrengung für mich, kann ich doch meinem Mann nur noch durch meine Anwesenheit helfen.

Vom Stationsarzt wurde Uli erlaubt, in unserem Beisein zu rauchen. Das möchte er natürlich sofort in die Tat umsetzen. Von mir bekommt er keine Zigaretten, aber Peter kann seinem Vater diesen Wunsch nicht abschlagen. Er schiebt ihn ans Fenster, zündet ihm seinen „Glimmstängel" an – und sein Dad ist glücklich. Allerdings lassen wir ihm immer nur zwei, drei Zigaretten im Nachttisch, ohne Feuerzeug. Er ist schon zufrieden, wenn er weiß, dass Kippen da sind.

Dass mein Mann trotzdem noch nachdenkt, wird mir klar, als er fragt: „Das ist hier wohl die ‚Bonzenabschiebestation' – und wer zahlt

74

das alles?" Ich kann ihn beruhigen, erkläre, dass die Kosten von der Krankenkasse übernommen werden, antworte scherzhaft: „Schließlich hast du ja auch immer brav eingezahlt!"

Zwei Tage nach seiner Einlieferung werde ich von Pfleger Frank aufgehalten, als ich schnurstracks auf Ulis Zimmer zusteuere. Frank eröffnet mir, dass ab heute jeder, der meinen Mann besuchen möchte, „vermummt", mit Kittel, Mundschutz und Handschuhen ausgestattet sein muss. Er hat sich den gefährlichen MRSA-Keim eingefangen – und zwar vermutlich im vorherigen Krankenhaus (wo inzwischen, wie ich in Erfahrung bringen kann, die gesamte Station geschlossen ist).

Soweit ich weiß, wurde diese Tatsache nicht vom vorherigen Krankenhaus gemeldet, aber man kann es jetzt nicht mehr ändern!

Trotz allem werde mich nicht davon abhalten lassen, meinen Mann in den Arm zu nehmen und auch zu küssen. Das kann und will ich ihm nicht antun, müsste er doch glauben, ich ekle mich vor ihm!

Langsam wird mir bewusst, dass Uli in einer anderen Zeit lebt, nämlich im Jahr 2007, also vor unserer Geschäftsaufgabe. Meint er doch immer wieder, zur Arbeit zu müssen, Rechnungen zu schreiben oder zu seinen Arbeitern auf die Baustelle zu gehen. Auch glaube ich, dass er Carina vom Alter her irgendwie nicht mehr einschätzen kann.

Na ja, wenn er sich gedanklich im Jahr 2007 befindet, ist seine Tochter erst zehn Jahre alt. Beim nächsten Besuch mit Carina versuchen wir, ihn zu testen, fragen, wie lange es noch dauert, bis Carina Medizin studieren kann.

Test fehlgeschlagen! Er weiß genau, dass seine Tochter 14 Jahre alt ist, grinst und meint, wir wollten ihn auf den Arm nehmen!

In den nächsten Tagen schwanken die Schmerzzustände und auch sein Gemütszustand immer mehr. Mal ist er gut drauf, sagt, er hat wenig

Schmerzen, mal schläft er nur, dann wieder stellen sich Halluzinationen ein, er sieht Schlangen und hat Angst dass er umgebracht wird.

Die Entspannungstherapie nimmt er an und auch leichte krankengymnastische Übungen lässt er zu. Ich habe das Gefühl, dass ihm beides guttut.

Auch hier fällt mir erneut auf, wie liebevoll der Umgang mit meinem todkranken Mann ist.

An einem Mittag sitze ich bei ihm am Bett, als er flüstert: „Schau mal, siehst du nicht, dort hinten sitzt meine Oma Lina!"

„Schatz, das kann nicht sein, deine Oma ist schon viele Jahre tot!", ist meine Antwort.

Die Bedeutung solcher „Erscheinungen" erfahre ich erst nach Ulis Tod … er wird abgeholt!

Als größtes Problem erweist sich, dass er immer wieder aufsteht, sobald niemand im Zimmer ist. Kein noch so gutes Zureden kann ihn davon abhalten, er will LAUFEN!

Nichts und niemand, auch nicht die schlimmsten Schmerzen können ihn davon abhalten!

Der Chefarzt schlägt eine nochmalige Implantation einer PDA-Pumpe vor, aber mein Mann möchte das nicht mehr, kann er sich doch noch an den letzten Misserfolg erinnern.

Folglich werden die Schmerzmittel weiterhin durch Infusionen oder Injektionen verabreicht. Inzwischen bekommt er noch stärkere Opiate, Diazepane (Beruhigungsmittel) und Ketamin, eigentlich ein Narkosemittel, welches leider auch Halluzinationen hervorruft.

Aber wo findet man die Balance zwischen Nutzen und Schaden?

Ich stimme Dr. v. Hoesslins Meinung zu, dass es am wichtigsten ist, bei meinem Mann die Schmerzen auf ein erträgliches Maß zu lindern.

76

Nach wie vor kann er ohne Probleme essen und trinken. Ich freue mich immer, wenn ich „was Gutes" mitbringe und er sich mit Appetit darauf stürzt. Oft behauptet er, nichts zum Essen erhalten zu haben. Natürlich weiß ich, dass dies nicht der Wahrheit entspricht.

Aber was soll's, gibt's halt eine Extraportion. Alles, was ich von zu Hause mitbringe, ist etwas „besonders Feines" für Uli.

Meine Nachfragen, ob er gut behandelt wird und ob sonst alles in Ordnung ist, beantwortet er in der Handwerkersprache: „Passt schon!"

Also eigentlich das „höchste" Lob aus seinem Mund!

Kapitel 26

Mein 49. Geburtstag auf der Palliativstation

Der Kalender zeigt den 20. Dezember, meinen Geburtstag. Das letzte Jahr ist wie im Flug vergangen. Ein Jahr seit der Diagnose Pankreaskarzinom!

Mir graut vor jedem Glückwunschanruf. Was sollen denn im Moment Glückwünsche für mich?

Bepackt mit Kuchen und belegten Brötchen für das Stationsteam, marschieren Peter, Carina, Carola und ich zu Uli. Er ist heute so gut drauf, lacht mit uns und isst, ja, man kann fast sagen, er „frisst" Unmengen von Kuchen, darf mit Peters Hilfe rauchen – wir haben den Eindruck, dass er den Nachmittag richtig genießt.

Peter bringt seinem Vater ein Geschenk für mich mit, da Uli meinen Geburtstag vergessen hat, aber nicht blamiert werden soll. Also „schenkt" er mir etwas, von dem er gar nicht weiß, was es ist. Wir alle spielen dieses Spielchen mit. Ich freue mich, dass er so wach ist und mir gratuliert, mich küsst. Dass es ihm an diesem Tag so gut geht, betrachte ich im Nachhinein als das größte Geschenk. Als wir uns am Abend von Uli verabschieden, bleibe ich noch ein paar Minuten alleine bei ihm und setze mich noch mal neben ihn, da fragt er urplötzlich: „Was hast du denn alles zum Geburtstag bekommen?" Meine Antwort darauf ist: „Ich wollte doch nur das Geschenk von dir und vor allem, dass du wieder gesund wirst!"

Wir weinen beide …

Wieder alleine zu Hause, möchte ich nichts mehr hören und sehen –

78

der erste Geburtstag seit 32 Jahren, den ich ohne Uli verbringen muss. Ich heule stundenlang.

Mein Mann ruft später noch mal mit dem Handy an. Natürlich weiß er nicht mehr, was für ein Tag ist, merkt aber, dass ich geweint habe – und ER tröstet mich!!!

In der folgenden Nacht steigt Uli immer wieder übers Bettgitter, keine Ahnung, woher er die Kraft nimmt. Als Schwester Franzi hereinkommt, hat er sich sämtliche Schläuche gezogen, ist komplett um das Bett herumgegangen (mitsamt seinem Blasenkatheter, den er auf „unendlich" gedehnt hat), grinst – und will zur Arbeit gehen! Franzi geht auf ihn ein, fragt ihn nach seinem Beruf und schafft es, ihn wieder ins Bett zu bringen!

Das Problem mit dem Aussteigen aus dem Bett wird immer massiver – wie soll das weitergehen?

Wieder wird mir angeboten, ein Zusatzbett ins Zimmer zu stellen, damit ich über Nacht bleiben kann. Noch bin ich nicht dazu bereit, merke, dass ich jetzt schon an meine physischen Grenzen stoße.

In dieser schweren Zeit erreicht mich eines Tages eine SMS von Freunden aus Weiden, die lautet: „Liebe Ute, wenn Du etwas brauchst, oder einfach nur reden möchtest, ruf an – auch Nachts!"

Diese Freunde sind auch heute noch für mich da und ich kann meine Sorgen immer noch mitteilen – einfach ein gutes Gefühl!

79

Kapitel 27

Bein-OP, erneut Hoffnung

Der nächste Tag bringt wieder etwas Neues.

Dr. v. Hoesslin bittet mich in sein Arztzimmer und eröffnet mir, dass er eine OP in Betracht zieht. Da sich die Wunden unter den Nekrosen immer mehr entzünden, schlägt er vor, die nekrotischen Teile unter Vollnarkose großflächig abzutragen. Damit sieht er eine Möglichkeit, die Entzündungen einzudämmen.

Ich versuche Uli von der Notwendigkeit des Eingriffes zu überzeugen. Er scheint einverstanden, reagiert mit: „Wenn's hilft, machen wir das."

Danach folgt ein Gespräch mit dem Narkosearzt und dem Chirurgen, jeweils ohne unseren Patienten. Beide Ärzte nehmen sich sehr viel Zeit für mich, beantworten geduldig alle meine Fragen (und ich habe viele Fragen!).

Dem Chirurgen berichte ich von der Aussage eines Kollegen von ihm („Schmieren Sie Nivea-Creme drauf"), bemerke dann, dass er den gleichen Nachnamen trägt. Es stellt sich heraus, dass dieser „blöde" Satz von seinem Vater stammt. Man kann das Entsetzen und auch die Scham im Gesicht des Arztes sehen. Doch möglicherweise hat das Ganze auch etwas Gutes – vielleicht wird dieser junge Arzt so etwas in Zukunft zu anderen Patienten nicht von sich geben.

Über eine Sache bin ich mir ganz im Klaren und gebe dies beim Aufklärungsgespräch dem Chirurgen deutlich zu verstehen, bitte ihn auch, Folgendes im Protokoll zu vermerken:

DIE BEINE BLEIBEN UNTER ALLEN UMSTÄNDEN DRAN!!!

Ich weiß von früheren Aussagen meines Mannes, dass er niemals ohne Beine leben möchte, also ist es meine Pflicht, das so weiterzugeben.

80

Die OP wird für den nächsten Tag, den 22.12. vormittags angesetzt. Dr. v. Hoesslin informiere ich noch darüber, dass Uli in der Vergangenheit immer sehr viel mehr Narkosemittel als normal benötigt hat. Wir amüsieren uns über meine Aussage: „Mein Mann ist stark wie ein Elefant, also braucht er auch die Elefantendosis!"

Mit Freundlichkeit und Lachen werden Angehörige von Patienten auf der Palliativstation sowohl von den Ärzten als auch vom Pflegepersonal in dieser schweren Zeit begleitet. Genauso zeigen aber auch alle ihre Traurigkeit und ihre Anteilnahme. Mit jedem Tag, den mein Mann länger dort verbringt, begreife ich, was für ein Segen seine „Bonzenabschiebestation" für ihn und uns ist!

Mit dem Pflegepersonal vereinbare ich, dass ich sofort angerufen werde, wenn Uli aus dem OP zurückkommt, damit ich gleich vor Ort sein kann, wenn er zu sich kommt (warum ich nicht den ganzen Tag bei ihm bleiben wollte, weiß ich heute nicht mehr, ich bin halt erneut davongerannt ...)

Die Nacht vor der OP verläuft, wahrscheinlich weil stärkere Beruhigungsmittel eingesetzt wurden, friedlich.

Mehrmals während der Nacht telefoniere ich mit Schwester Sylvia, immer wieder beruhigt sie mich: „Alles o. k., dein Mann schläft."

Leider klappt es am nächsten Tag mit der Zeiteinteilung im OP nicht, mein Uli kommt erst am späten Abend dran. Völlig verängstigt ruft er mich mithilfe der Schwester an, weiß nicht mehr, warum er operiert werden soll. Ich kann ihn am Telefon beruhigen und warte zu Hause ab.

Um ca. 21.00 Uhr werde ich benachrichtigt, dass er zurück im Zimmer ist, aber tief und fest schläft. Da es draußen schneit und spiegelglatt ist, beschließe ich, erst am Tag darauf wieder ins Klinikum zu fahren.

Warum hab ich mich nicht nach Hof fahren lassen? Es hätte sich doch bestimmt jemand gefunden!

81

Auch wenn er geschlafen hat, er hätte mich doch sicherlich gebraucht! Erst viel später erfuhr ich, dass eine liebe Mitarbeiterin vom Hospizdienst und auch der Krankenhauspfarrer Herr Neugebauer vor der OP am Nachmittag bei ihm waren. Sie haben ihn in seiner Angst begleitet und getröstet, dafür bin ich unglaublich dankbar!

Mein Mann liegt in Narkose, als ich am nächsten Tag eintreffe. Ab jetzt trägt er nur noch ein Flügelhemd, seine Lieblings-T-Shirts werden nicht mehr gebraucht …

Ulis Verbände können nur unter Kurznarkose gewechselt werden, weil er sonst vor Schmerzen schreit. Zwei Schwestern sind mit dem Verbandswechsel beschäftigt. Ich möchte die Wunden sehen, bin überhaupt nicht erschrocken. Das sieht meiner Meinung nach sehr gut aus, habe ich doch die schrecklichen schwarzroten Stellen in viel schlimmerer Erinnerung. Die Nekrosen sind oberflächlich abgetragen, ich habe den Eindruck, dass auch nicht so sehr tief geschnitten wurde. In mir keimt Hoffnung auf. Uli ist kräftig, er kann es doch noch schaffen!

Am Nachmittag besucht uns meine Freundin Andrea B. Ich rechne ihr diesen Besuch und die Wache am Bett einen Tag vor Heiligabend sehr hoch an. Die Situation ist befremdlich, man sitzt am Bett und unterhält sich über „Gott und die Welt"!

Immer wieder werde ich von Bekannten gefragt, wie es meinem Mann geht, ob er noch essen kann, ob er abgemagert ist. Niemand kann verstehen, dass Uli nicht der Tumor an der Bauchspeicheldrüse zu schaffen macht, sondern diese verfluchten Nekrosen an den Beinen ihn buchstäblich in die Knie zwingen!

Bis mein Mann aus der Kurznarkose wieder aufwacht, dauert es immer

82

ewig. Danach ist er total verwirrt, kann sich an nichts erinnern und döst die ganze Zeit vor sich hin. Sobald die Sedierung wieder nachlässt, versucht er abermals übers Bettgitter zu steigen. Seine Aggresivität nimmt zu, er lässt sich auch von seinen beiden Lieblingsschwestern nicht mehr am Aufstehen hindern. Das Pflegepersonal wird zunehmend mehr belastet. Ist ja klar, sie können nicht die ganze Zeit bei ihm im Zimmer sein, das erlaubt selbst ein Pflegeschlüssel auf einer so besonderen Station nicht.

Ulis Angstzustände werden nun mit Haldol, einem Neuroleptikum, Catapresan, einem Narkosemittel zur Sedierung, und Benzodiazepinen zur Beruhigung behandelt – dieser Zustand nennt sich jetzt „DELIR"!

Ich habe große Angst, dass Uli auch mir gegenüber aggressiv wird und mich vielleicht sogar angreift, aber so etwas hat er mir bis zum letzten Tag erspart. Im Gegenteil, zeigt er mir doch, wenn er wach ist, immer wieder seine Zuneigung und Liebe.

Seit ich meinen Mann kenne, darf ich ihn – nach 32 Jahren – jetzt sogar am Kopf streicheln. Das konnte er früher nie leiden, ja, das hat er mir sogar verboten. Jetzt genießt er es und ich tu's so gerne.

24. Dezember, Heiligabend.

Ich habe vor, mittags ins Krankenhaus zu fahren. Andrea möchte nach dem Kirchgang mit Jenny, Sebastian und Carina nachkommen und abends wollen wir daheim zusammen essen.

Am Vormittag erhalte ich einen Anruf von meinem Schwager (der Uli während seiner Krankenhausaufenthalte bis zu diesem Tag nicht besucht hat). Er war bei seinem Bruder und sagt zu mir: „Ulrich hat schon verlangsamte Atmung, ich glaube, es geht zu Ende!"

Ich bin schockiert, vertraue ich doch den Schwestern, die mich immer angerufen haben, wenn sich etwas verändert hat. Wie kommt mein Schwager darauf? Ich rase sofort los, komme fix und fertig auf der Station an, werde aber gleich von einer Schwester mit den Worten beruhigt: „Es gibt keinen Grund zur Aufregung!" Wusste ich doch, dass ich mich auf sie verlassen kann.

Auf dem Gang treffe ich Dr. v. Hoesslin, den ich seit dem Vortag der OP nicht mehr gesprochen habe. Sogar an Heiligabend hat er Zeit für mich! Er berichtet mir nochmals vom guten Verlauf der OP, auch er glaubt, dass Uli es schaffen kann. Meiner Warnung vor der OP, mein Mann bräuchte eine „Elefantendosis", stimmt er zu, erzählt mir aber, es sei die Dosis für zwei Elefanten gewesen!

Bei meinem Mann im Zimmer finde ich alles unverändert vor. Er schläft, seine Arme und Beine sind stark angeschwollen, eiskalt und – marmoriert! Auch hier weiß ich die Anzeichen von „marmorierter Haut" zu deuten …

Uli trägt seine geliebte Uhr nicht mehr, sie passt nicht mehr ums Handgelenk.

Trotz des guten Verlaufs der OP beginnt meine Hoffnung zu schwinden. Ich rede mit ihm, flehe ihn an: „Uli, kämpfe, du kannst es schaffen – bitte lass mich nicht allein!" Ob er mich hören kann?

Als Carina, Andrea, Sebastian und Jenny eintreffen, ist Uli immer noch nicht ansprechbar. Wir sitzen am Bett und – ja, und wir schauen ihn an.

„Schatz, es ist Heiligabend!", flüstere ich ihm immer wieder zu – aber meine Worte erreichen ihn nicht …

Später wieder zu Hause angekommen, essen wir alle zusammen. Heiligabend – es ist so irreal!

Carina weigert sich, noch einmal mit ins Krankenhaus zu kommen, und als ihre Patin Andrea sagt: „Geh bitte mit, das ist vielleicht das letzte Weihnachten deines Papas!", schaut sie ganz erstaunt und fragt: „Wieso?"

84

Auf meine späteren Nachfragen, wann ihr klar geworden ist, dass ihr Dad stirbt, antwortet sie: „NIE"!

Der erste Weihnachtsfeiertag verläuft wie alle Tage zuvor. Peter kommt wieder, er hatte an Heiligabend Dienst. Abwechselnd sitzen wir am Bett und halten Ulis Hand. Er zeigt keine Regung, scheint nichts zu merken. Eigentlich müsste ich froh sein, dass er keine Schmerzen hat, aber ich würde so gern mit ihm reden! Wieder kommt der Egoist in mir durch.

Sebastian und Carina haben das Keyboard dabei, wollen Weihnachtsmusik vortragen, aber Carina schafft es nicht, für ihren Papa zu singen – wie auch? Also spielt Sebastian nur ganz leise Weihnachtslieder.

Alles unverändert, auch die Musik hört er offenbar nicht, aber Sebastian spielt trotzdem. So vergeht Weihnachten, das Fest, das Uli immer so wichtig war …

Am zweiten Feiertag finden wir Uli wach und total verstört vor. Er hat furchtbare Halluzinationen, die am Vormittag so heftig waren, dass er trotz seiner Schmerzen aus dem Bett gesprungen ist (wie ein Dachdecker, ganz schnell, wurde mir berichtet).

In seinem verwirrten, von Angst geprägten Zustand hat er Dr. v. Hoesslin, Pfleger Frank und eine Schwester angegriffen.

Der Kommentar des Chefarztes hierzu ist: „Ich dachte, ich spritze Kochsalzlösung anstatt eines Beruhigungsmittels. Ich habe gespritzt und gespritzt, aber dieser Baum von einem Mann stand immer noch vor mir!"

War mir klar, weiß ich doch, was mein Mann für Kräfte entwickeln kann, er ist schließlich nicht umsonst Dachdeckermeister!

Als Peter zu seinem Vater ans Bett tritt, nimmt die Panik von Uli noch schlimmere Ausmaße an.

Er will, dass Peter seine Polizeieinheit alarmiert, glaubt, dass Niclas entführt und „ausgeschlachtet" wird. Seinen furchterfüllten Blick, wann immer die Tür aufgeht, habe ich heute noch vor Augen.

Aber Gott sei Dank, mit Peters Hilfe können wir ihn beruhigen. Unser Sohn schafft es, seinem Vater einzureden, dass er draußen alles kontrolliert hat und keine Gefahr besteht – und glücklicherweise glaubt Uli ihm und entspannt sich langsam.

Plötzlich beginnt er zu weinen und scheint sich daran zu erinnern, was er am Vormittag für einen Aufruhr verursacht hat. Er bittet uns, Pfleger Frank zu holen, möchte sich bei ihm entschuldigen – doch als Frank kommt, hat mein Mann den Vorfall bereits wieder vergessen.

Wenn ich nur noch einmal ein vernünftiges Gespräch mit meinem Ehemann führen und ihn nochmal erreichen könnte – es gäbe noch so vieles zu besprechen. Aber ich glaube, gedanklich ist er schon ganz weit weg von mir. Deshalb bin sehr dankbar, dass er zumindest körperliche Nähe zulässt.

Schon kommt das nächste Problem auf uns zu: Uli gefährdet sich selbst und jetzt auch andere Personen, deshalb werde ich von Dr. v. Hoesslin gebeten, mich mit einer Fixierung im Bett einverstanden zu erklären.

Der Chefarzt verspricht mir, dass die Fixierung nur im äußersten Notfall angewendet wird. Auch diesmal vertraue ich seiner Aussage. Was bleibt mir anderes übrig, ich muss zustimmen, möchte ich doch nicht, dass er auch noch hinfällt und sich die Knochen bricht.

Schweren Herzens willige ich ein.

Da ich diese Entscheidung, auch als Betreuerin, nicht alleine treffen darf, wird eine Richterin vom Amtsgericht endgültig darüber beschließen müssen. Die zuständige Richterin kommt noch am gleichen Tag (es ist ja der zweite Weihnachtsfeiertag), spricht alleine mit meinem Mann – und ordnet daraufhin an:

86

BAUCHGURT IM BETT UND FIXIERUNG DER EXTREMI-TÄTEN, da Herr Lang weder zeitlich noch örtlich orientiert ist, zu keiner freien Willensbildung in der Lage ist, keine Einsicht in seinen gesundheitlichen Zustand hat und sich dadurch selbst erheblich gefährdet.

Diesen Beschluss bekomme ich insgesamt vier (!!!) Mal zugestellt, einmal sogar noch nach Ulis Tod …

In diesem Schreiben wird vom Personal gefordert, sich jedes Mal wieder von der Notwendigkeit des Fixierens zu überzeugen. Hier kann ich bestätigen, dass dies vom Pflegepersonal immer beachtet worden ist!

Ich bitte Peter, nach Hause zu seiner Familie zu fahren, warten doch Katrin und Niclas auf ihn. „Wenn sich was verändert, melde ich mich sofort", verspreche ich ihm.

Wieder hoffe ich, dass die Wunden heilen, doch dieser Wunsch wird immer mehr von der Realität verdrängt!

Da Uli sich dauernd im Dämmerzustand befindet und dadurch nichts mehr isst und trinkt, wird nun Flüssigkeit und Flüssignahrung über eine Infusion zugeführt.

Er ist, wenn er wach ist, sehr liebebedürftig und will mich immer ganz nah bei sich haben. Seine Gliedmaßen schwellen an, oft verschwinden aber die Schwellungen zwei Stunden später wieder, es ist ein stetes Auf und Ab. Der Urinauffangbeutel füllt sich fast nicht mehr, der Urin ist dunkel, ich ahne, dass die Nieren nicht mehr richtig arbeiten. Der Geruch, der aus den operierten Wunden strömt, wird immer extremer.

Da mein Mann erneut Probleme mit der Atmung hat, soll eine Röntgenaufnahme Klarheit verschaffen. Ich versuche ihm klarzumachen, dass er geröntgt werden muss, verspreche ihm, dass ich mit zum Röntgen gehe.

Er wird von einem „Läufer" abgeholt, bekommt ohne Vorwarnung eine Maske vor den Mund gespannt. „So ein Quatsch", denke ich, „als ob das den MRSA-Keim an der Ausbreitung hindern kann!"

Wieder sehe ich die Panik in seinen Augen. „Schatz, bitte lass die Maske auf, die schützt dich!", bitte ich ihn. Er gehorcht. Auf dem Weg in die Röntgenabteilung will Uli immer wieder aus dem Bett springen. Wo nimmt er nur diese Kraft her?

Der „Läufer" stellt das Bett vor der Kabine ab und wir warten. Der MRSA-Keim scheint hier niemanden zu interessieren, es sind Dutzende von Leuten auf dem Gang!

Solange ich Ulis Hand halte, ist alles o. k. Als er nach einer Stunde Wartezeit endlich in die Kabine geholt wird, dreht er vor Angst fast durch. Ich bitte die Röntgenassistentin, mich mit hineinzulassen, habe aber keine Chance! „Wenn Sie nicht aufpassen, springt er Ihnen aus dem Bett!", warne ich, werde aber lächelnd abgefertigt: „Das kriegen wir schon!"

Das Bett mit meinem Mann kommt wieder heraus, seine Furcht ist nicht zu übersehen. Erneut warten wir, bis der „Läufer" kommt, um das Bett zurück auf die Station zu schieben. Oben im Zimmer nehme ich meinen Mann ganz fest in die Arme. Langsam fällt seine Anspannung ab und er schläft erschöpft ein. Ich bin froh, dass ich ihm doch noch ein wenig helfen kann.

Der Röntgenbefund ergibt nichts Auffälliges. Trotzdem bitte ich darum, die Sauerstoffversorgung wieder anzubringen, und sei es nur, um Uli zu beruhigen. Meiner Bitte wird umgehend entsprochen, mit der Sauerstoffbrille ist er wieder zufrieden!

Die nächste Nacht daheim verschafft mir keine Erholung, aber ich muss doch am nächsten Tag wieder stark sein! Viele werden es nicht verstehen, aber ich entwerfe in dieser Nacht Ulis Todesanzeige und beschäftige mich mit seiner Beerdigung.

In meinem Kopf läuft alles wie eine Vorschau auf einen Film ab!

88

Kapitel 28

Letztes Gespräch – Uli will leben!

Mittwoch, 28. Dezember 2011. Als ich das Zimmer betrete, erwarten mich *beide* Ärzte. Schnell wird mir klar, dass die Anwesenheit von allen beiden nichts Gutes verheißt!

Dr. v. Hoesslin versucht mir zu erklären, wie es wirklich um Uli steht, fragt mich, wie jetzt weiter verfahren werden soll.

Erst mal verstehe ich gar nichts.

Einfühlsam, aber auch eindringlich teilt mir der Doktor mit, dass die OP leider nicht den gewünschten Erfolg hatte, und fragt, wie ich mir die „Endphase" vorstelle, beziehungsweise wie sich das mein Mann vorstellen würde. Während dieses Gesprächs liegt Uli im Bett neben uns. Wir unterhalten uns sehr leise, lt. dem Chefarzt hört er uns nicht. Daran kann ich nicht glauben, weil ich sehe, dass Uli immer wieder die Augen öffnet und zu uns herüberschaut.

Dr. v. Hoesslin möchte von mir wissen, wie mein Mann zu künstlicher Ernährung und zu lebensverlängernden Maßnahmen steht – und wie er sterben möchte.

„Gar nicht", entgegne ich.

Er fragt, ob ich als seine Betreuerin möchte, dass die Sedierung hochgesetzt wird. Auf meine zaghafte Nachfrage: „Aus diesem ‚Narkoseschlaf' kommt er doch aber nicht wieder zurück?", schüttelt er nachdrücklich den Kopf …

Da Uli das nicht mehr selbst bestimmen kann, muss ich es für ihn tun.

Jedoch erbitte ich mir eine Bedenkzeit, soll ich doch hier entscheiden, wie mein Mann sterben darf. Wenn man so etwas von anderen Betroffenen hört, fällt es immer leicht zu urteilen!

Beide Ärzte verlassen den Raum und Uli und ich bleiben alleine. Als ich mich zu ihm ans Bett setze, merke ich, dass er immer wacher wird.

„Schatz, erkennst du mich, weißt du, wo du bist und warum?", frage ich. Er grinst: „Natürlich, ich weiß doch, wer du bist – und freilich ist mir klar, wo ich bin, in N. im Krankenhaus, aber warum?"

„Liebling, du bist im Krankenhaus in Hof, du bist schwer krank und wurdest an den Beinen operiert."

„Was hab ich denn?"

„Du hast Bauchspeicheldrüsenkrebs, deine Beine waren mit riesigen Wunden übersät und mussten operiert werden."

Darauf folgt ein Satz, der mir beweist, dass ich richtig gehandelt habe: „Ich will sofort meine Beine sehen, sind die noch dran?", fordert er laut.

Nachdem ich das Kopfende hochgestellt habe, helfe ich meinem Mann, sich aufzusetzen, schlage die Decke zurück und zeige ihm seine verbundenen Beine, wackle an seinen Zehen …

„Gott sei Dank!", flüstert er und legt sich wieder zurück.

Diese Gelegenheit muss ich beim Schopf packen und ihn mit weiteren Fragen löchern: „Bitte, sag mir doch, was würdest du tun, wenn ich hier liegen müsste? Hilf mir doch, die richtige Entscheidung zu treffen! Sag mir, ob du Essen über eine Sonde bekommen willst und ob du an Maschinen angeschlossen sein möchtest?"

Mit einfachen Worten versuche ich, seinen Willen zu erforschen.

Uli antwortet: „Nein, keine Maschinen und kein Essen über einen Schlauch!" Redet dann weiter: „DANN MUSS ICH HALT WAS ESSEN!!!"

Auf meine wiederholte Frage: „Hast du wirklich Hunger?", nickt er bekräftigend. Da die Abendbrotzeit bereits vorüber ist, klingeln wir nach der Schwester und bitten um eine Kleinigkeit zum Essen. Uli

90

möchte keinen Brei oder anderes Zeug, wie er sagt, er wünscht sich zwei Brote und eine Cola-Light. Dieser Wunsch wird ihm umgehend von Schwester Ines erfüllt. Und tatsächlich, ich kann es nicht glauben, er isst zwei belegte Brote und trinkt ganz viel Cola dazu, halt wie früher ...

ER WILL LEBEN!!!

Ines freut sich mit mir, sagt, dass dies ein gutes Zeichen sei, und erneut schöpfe ich Hoffnung. Gleichzeitig jedoch keimt der Gedanke auf, ob es vielleicht das „letzte Aufbäumen" sein kann.

Mein Mann ist noch immer wach und sehr klar, weiß sogar, dass es schon spät am Abend ist. Er fragt nach, ob ich nicht Carina abholen muss. Als ich erwidere, dass ich jetzt langsam gehen muss, eben um unsere Tochter abzuholen, nickt er verständnisvoll und entgegnet: „Dann geh jetzt, Carina wartet bestimmt schon auf dich!"

Nachdem ich mich zu ihm gebeugt habe, um ihn zum Abschied zu küssen, flüstert er: „Wir beide haben schon so vieles zusammen geschafft, wir schaffen auch das miteinander, ich hab dich lieb!" Mit Tränen in den Augen antworte ich ihm: „Ich dich doch auch!"

So schwer ist mir der Abschied von ihm noch nie gefallen ...

Draußen berichte ich Peter per Handy vom guten Gespräch mit seinem Dad.

Auch er vermutet, dass es der Beginn des „Abschieds" war.

Kapitel 29

Jeder stirbt so, wie er will

Donnerstag, 28. Dezember 2011.

Vormittags werde ich von Dr. v. Hoesslin verständigt, dass wir kommen sollen, da sich der Zustand meines Mannes zunehmend verschlechtert. Auch Peter erhält einen Anruf von Dr. Martinek. Er setzt sich sofort ins Auto und fährt wieder mal in die Klinik.

Zusammen mit Peter, Carina, Jenny, Andrea und Sebastian treffe ich Uli noch in ansprechbarem Zustand an.

Wir stehen alle rund um sein Bett, er grinst sein freches „Uli-Lächeln" – und er erklärt: „Und ich bin der Uli!", so als ob er sich uns vorstellen würde. Dann schaut er seinen Sohn an und richtet seine letzten Worte an ihn, nämlich, typisch Uli:

„PETER, EINE RAUCHEN!"

Unsere Diskussion, wie wir ihm diesen Wunsch am besten erfüllen können, bekommt er nicht mehr mit. Wir einigen uns, wenn er noch mal fragt, bekommt er eine „kalte Zigarette", doch er wird nicht mehr fragen ...

Zusammen mit Peter möchte ich am Bett seines Vaters Wache halten, jetzt nehmen wir auch gerne das Angebot eines zusätzlichen Bettes an.

Abwechselnd halten wir seine eiskalte Hand.

Uli atmet ganz regelmäßig, auch das für Sterbende typische eustachische Atmen fehlt.

Immer wenn Peter mal rausgeht, rede ich mit meinem Mann, sage ihm, dass ich trotz aller Schwierigkeiten, die wir miteinander hatten, gerne mit ihm gelebt habe, dass ich ihn lieb habe, und verspreche ihm, auf Carina aufzupassen.

92

Wir spielen Uli auf Peters I-Phone sein Lieblingslied, „Rockin' All Over the World" von Status Quo, vor, hoffen, dass er es hört.

Sein Zustand ist unverändert, aber nun bildet sich Schleim in der Luftröhre, der abgesaugt werden muss. Schwester Judith bittet uns rauszugehen, da dies kein schöner Anblick sei, aber ich erwidere: „Wenn das mein Mann aushalten muss, kann ich es auch aushalten!"

Als so schlimm empfinde ich das Absaugen nicht, doch später in der Nacht muss Uli umgelagert werden.

Die Pflegerinnen wollen nur noch eine „Millimeterlagerung" vornehmen. Obwohl er tief sediert ist, kommt ein furchtbarer Schrei, ein lautes „AAAAAHHHH", aus seiner Kehle. Dieser Schrei klingt mir noch heute in den Ohren.

Die Stunden verstreichen ganz langsam, nun sind doch längere Atempausen zu erkennen, aber – mein Mann ist noch jung und er hat ein starkes Herz.

Dr. Martinek spricht von Stunden oder Tagen. Hier zeigt sich, dass keiner weiß, wann ein Mensch bereit ist zu gehen!

Abwechselnd versuchen Peter und ich, ein wenig zu schlafen, doch immer wieder schrecken wir auf, denken, jetzt ist es gleich vorüber.

Draußen schneit es, alles ist weiß und still. Ich bin so froh, dass Peter hier ist und ich nicht alleine sein muss. Es passt einfach, dass er da ist und mit mir zusammen seinen Vater auf seinem letzten Weg begleitet.

Wie gut es sich anfühlt, einen erwachsenen Sohn zu haben!

Wieder beschäftige ich mich mit der Trauerfeier. Es ist grotesk – ich überlege, was ich meinem Schatz anziehen könnte, und komme zu dem Schluss:

ER MUSS DACHDECKERKLEIDUNG TRAGEN!!!

In mir reift ein Entschluss, den ich auch Peter mitteile; irgendwie müssen wir an neue Zunftkleidung kommen, aber wie? Die Dachdeckereinkaufsgenossenschaft hat über die Feiertage geschlossen. Mir ist die Privatnummer des Chefs bekannt. Ich scheue mich nicht, ihn frühmorgens um 6.30 Uhr aus dem Bett zu klingeln. „Norbert, mein Mann, liegt im Sterben. Ich brauche Kleidung für ihn, wenn es so weit ist, und möchte Zunftkleidung haben!", überfalle ich ihn. Nach einigen Sekunden Pause sichert er mir zu, um acht Uhr im Geschäft zu sein, damit wir eine Hose und eine Weste aussuchen können.

Freitag, 30. Dezember 2011.

Da Ulis Zustand weiter unverändert ist, entscheiden wir uns, frühmorgens, wie vereinbart, die Klamotten im Geschäft zu holen und dann kurz heimzufahren.

Die Straßenverhältnisse sind, selbst für Oberfranken, katastrophal. Wir kommen nur im Schritttempo vorwärts, überall stehen Lkw quer. Gott sei Dank, in Peter habe ich einen routinierten Fahrer!

Als wir die Kleidung abgeholt haben und ich diese, zu Hause angekommen, auf die Truhe im Flur lege, breche ich zusammen. „Was tu ich eigentlich hier, das ist doch schizophren – Uli lebt doch noch! Ich kann nicht mehr, weiß nicht mehr weiter, wie lange soll das noch dauern? Wie oft müssen wir noch ins Krankenhaus fahren?"

Heute wäre ich froh, wenn ich ihn noch mal besuchen könnte!

Andrea und Sebastian haben Carina in dieser Nacht nicht alleine gelassen, sondern bei uns im Wohnzimmer geschlafen. Auch dafür einfach danke!

Peter befiehlt mir, mich hinzulegen und zu schlafen. Dank einer Tablette döse ich tatsächlich ein, doch in meinen Träumen verfolgt mich mein Mann. Er rennt mir mit verbundenen Beinen immer wieder hinterher, schiebt sein Krankenbett und ich flehe ihn an: „Schatz, du sollst doch liegen bleiben, bitte!"

Als ich später aufwache, bin ich wie gerädert. Ich möchte nicht mehr

94

ins Krankenhaus, stecke wieder mal den Kopf in den Sand und bitte Peter, alleine zu seinem Vater zu gehen.

Irgendwie kann ich Carina verstehen, die nicht mehr zu ihrem Dad will.

Peter fährt zusammen mit Oma Jenny ins KKH, hält mich immer telefonisch auf dem Laufenden.

Er berichtet mir, dass er seinem Vater noch viel erzählt hat und ihm versprochen hat, später, wenn Niclas älter ist, mit ihm die Allianz Arena zu besuchen, und dass sein Papa mit Händedruck und Lächeln reagiert hat.

„Bitte sag deinem Vater, dass seine Rente überwiesen worden ist, er sich also keine Sorgen machen muss!" Auch das verspricht mir unser Sohn.

Traurig sitze ich daheim, weil ausgerechnet ich von meinem Mann keinerlei Reaktionen mehr erhalten habe, komme mir vor wie eine schlechte Ehefrau – und fühle mich so hilflos.

Zum wiederholten Mal klingelt das Telefon. Peter bittet mich, nun doch zu kommen, da die Atempausen immer länger werden. Ein Anruf bei Andrea, zehn Minuten später sind wir unterwegs.

Zurück im Krankenzimmer, hat sich nichts geändert, Ulis Atmung geht wieder ruhig und regelmäßig. Er will noch nicht aufgeben!

Vielleicht ist ja meine Anwesenheit der Grund dafür?

Andrea verabschiedet sich mit den Worten: „Uli, mach's gut und komm gut rüber!", und erklärt mir eindringlich, dass ich Uli gehen lassen muss, ihn nicht mehr zurückhalten soll.

Sie nimmt Jenny mit nach Hause und Peter und ich bleiben bei dem Sterbenden.

In immer kürzeren Abständen muss Schleim abgesaugt werden, ansonsten können wir nur noch seine Lippen befeuchten, die Stirn abwischen, seinen Kopf streicheln, seine eiskalten, geschwollenen Hände halten und – ja, und warten …

Auf Ulis Augen hat sich ein Film gebildet, die Ohren haben sich verändert, am Hals und am Unterkiefer verstärken sich die Wassereinlagerungen. Der Geruch, der aus den operierten Wunden an den Beinen ausströmt, wird immer beißender, ist kaum mehr zu ertragen.

Schwester Judith sagt zu mir: „Denk mal drüber nach, dein Mann riecht das auch, der Geruchssinn ist noch vorhanden!"

Sie hat recht! Wieder schäme ich mich …

In dieser Nacht haben Peter und ich, unabhängig voneinander, Fotos von Uli geschossen. Erst Wochen später trauen wir uns, mit dem anderen darüber zu sprechen. Heute bin ich froh, diese Bilder zu haben, denn immer wenn ich denke: „Das kann doch alles gar nicht wahr sein!", hilft mir ein Blick auf eines dieser Fotos, um zu begreifen, dass in diesem Zustand kein Leben mehr möglich gewesen wäre.

Es ist deutlich erkennbar, dass Uli bereits „der Tod ins Gesicht geschrieben" ist.

Die Stunden schleichen dahin, immer wieder sagen wir zu ihm: „Du kannst gehen, lass los, alles ist gut." Doch ich meine es, glaube ich, nicht ernst, habe nicht die Kraft, ihn freizugeben …

Abwechselnd versuchen wir, ein wenig zu schlafen. Mir gelingt es nicht, da mir mein Mann, wann immer ich einnicke, mit verbundenen Beinen, sein Bett schiebend und nach mir rufend, im Traum hinterherrennt.

Dieser Traum verfolgt mich noch viele Wochen lang …

Gegen drei Uhr nachts glaube ich zu wissen, was zu tun ist. „Peter, komm, wir gehen nach Hause. Dein Dad kann nicht loslassen und ich kann es auch nicht!" Da Ulis Zustand nach wie vor unverändert ist,

96

willigt Peter schweren Herzens ein. Ich verständige Schwester Sylvia, die während der ganzen Nacht immer wieder hereingeschaut hat, und wir fahren heim und legen uns ins Bett.

Erneut träume ich meinen persönlichen Albtraum.

31. Dezember 2011 – Silvester.

Gegen zehn Uhr morgens macht Peter sich erneut auf den Weg zu seinem Vater, um danach zurück zu Kaddi und Niclas zu fahren.

Gerade als ich beim Anziehen bin, klingelt das Telefon, Dr. Martinek ist am Apparat:

„FRAU LANG, ICH MUSS IHNEN LEIDER MITTEILEN, DASS IHR MANN SOEBEN VERSTORBEN IST!"

Auch Peter hat es nicht mehr rechtzeitig geschafft.

Aber Uli musste nicht alleine sterben, er durfte im Beisein einer seiner Lieblingsschwestern gehen …

Jeder stirbt so, wie er will … vielleicht wollte er uns nicht mehr belästigen … wenn wir das geahnt hätten … aber … es ist nicht mehr zu ändern.

Peter kommt zurück. Ich bringe Carina bei, dass ihr Dad tot ist, telefoniere mit Andrea und bitte sie, uns zu begleiten. Carina hat Angst, sie möchte ihren toten Vater nicht mehr sehen. „Bitte, komm mit, ich verspreche dir, dass er nicht schlimm aussieht!" Sie willigt schließlich ein und zu viert betreten wir eine halbe Stunde später die Palliativstation.

Vor Ulis Zimmertür steht ein großes Windlicht, eine Kerze brennt und Rosenblätter sind daneben verstreut. Schwester Ines umarmt uns, auch sie hat Tränen in den Augen.

Sie erzählt uns, dass sie, zusammen mit Schwester Judith, die morgendliche Pflege bei Uli verrichten wollte, als er noch kurz die Augen öffnete, lächelte, um dann seinen letzten Atemzug zu tun. Ines ver-

97

sichert uns, dass er ganz ruhig eingeschlafen ist. Ich glaube ihr, habe keinen Grund, an dieser Aussage zu zweifeln, und danke ihr für alles, besonders dafür, dass mein Mann nicht alleine sterben musste!

Im „Entlassungsbrief" steht: „Die Betreuerin bat um eine ausreichende Analgosedierung (palliative Sedierung) bei Schmerzen und Unruhe und lehnte lebensverlängernde Maßnahmen ab, weil dies dem Willen ihres Mannes entspräche." (Hat es seinem Willen entsprochen? – Ich weiß eigentlich nur, dass er LEBEN wollte!)

„Herr Lang starb schließlich friedlich und schmerzfrei gegen 10.15 Uhr."

Auch ein Satz, der mich eigentlich beruhigen müsste, mir aber nicht aus dem Kopf geht – bis heute nicht …

Nicht der Tumor an der Bauchspeicheldrüse hat Uli besiegt, sondern die Wunden an seinen Beinen haben ihn vergiftet!

Er wollte dem Krebs die Stirn bieten, wollte leben, doch die Krankheit war stärker …

Aber – ich weiß, er hat jetzt keine Schmerzen und keine Angst mehr!

AM 31. DEZEMBER 2011 WURDE ULIS LEBENSBAUM GE-FÄLLT.

Ines begleitet uns in sein Sterbezimmer, die Fenster sind geöffnet, unser Uli liegt ganz entspannt da, alles wirkt ruhig und friedlich. Jegliche Anspannung ist aus seinem Gesicht gewichen, so wie es oft von Toten berichtet wird. Ich bin mir sicher, dass er uns noch hören kann, bleibt doch das Gehör erwiesenermaßen noch lange über den Tod hinaus aktiv. Wir streicheln ihn, reden mit ihm; sein Körper ist schon kalt, aber sein Kopf ist noch warm.

Ines hat das hässliche Krankenhaushemd gegen eines seiner geliebten T-Shirts getauscht. Sie flüstert: „Nehmt euch so viel Zeit, wie ihr braucht, nichts hat heute hier Eile!"

Unter Tränen versucht Peter, seinem Vater die Uhr wieder ums Handgelenk zu legen, aber da die Hand immer noch dick angeschwollen ist, improvisiert er mit einem Gummiband.

Egal, Hauptsache, sein Dad muss nicht ohne seine geliebte Uhr sein! Auch Ulis Lieblingsteddy, ein paar Zigaretten und Fotos legen wir auf sein Totenbett.

Früher konnte ich es immer nicht glauben, wenn erzählt wurde: „Er sah aus, als ob er jeden Moment die Augen wieder aufschlagen würde!", jetzt warte ich jede Sekunde darauf, dass er grinst und sagt: „Ätsch, verarscht!", doch leider ist es nicht so.

Gemeinsam verabschieden wir uns von ihm: „Mach's gut, mein Schatz – tschüss, Dad – tschau, Uli!"

Danke an das Team der Palliativstation, das es uns ermöglichte, in aller Ruhe, in Ulis Zimmer von ihm Abschied zu nehmen.

Unten auf dem Parkplatz trennen wir uns von Peter. Er soll jetzt erst mal heim zu seiner Familie fahren, obwohl er eigentlich hierbleiben will. Ich sichere ihm zu, dass ich die Formalitäten und auch den Gang zum Bestattungsunternehmen alleine übernehmen möchte. Das ist das Letzte, das ich für meinen Schatz tun kann.

Auf der Heimfahrt bitte ich Andrea, dass mich Sebastian gleich zurückrufen soll. Er leitet unseren Jugendchor, in dem auch Carina mitsingt. Mein Wunsch ist, dass der Chor zur Trauerfeier singt.

Im Auto kündigt Carina an: „Ich möchte auch für meinen Papa etwas singen – alleine!"

Unsere Bedenken, dass sie das nicht bewältigen könnte, wischt sie weg, bestätigt nochmals, dass sie das unbedingt möchte! Carina weiß sogar schon, welches Lied sie singen will, nämlich: „When it's Time to Say I Love You". Sie muss schon lange darüber nachgedacht haben, da dieses Lied von Billy Joe Armstrong, einem Mitglied der Band „Green Day", stammt. Er hat es für seinen Vater geschrieben, der auch an Krebs gestorben ist.

Ob Uli die Silvesterböller noch hört? Er hat sich doch immer wie ein Kind auf die Knallerei gefreut! Peter jedenfalls schießt nachts Raketen nur für seinen Vater ab!

Kapitel 30

Beerdigung

Von jetzt an tue ich das, was ich schon immer am besten konnte – PLANEN!

Die erste Aufgabe zu Hause ist, meinen Cousin Dirk anzurufen, um ihm mitzuteilen, dass er nun als Pfarrer für Ulis Trauerfeier gebraucht wird. Obwohl er Urlaub hat, ist er sofort bereit, diesen Gottesdienst zu übernehmen. Wir vereinbaren ein Gespräch für den nächsten Tag.

Da ich gerne möchte, dass der Sarg meines Mannes von seinen Dachdeckerkollegen getragen wird (er war vor der Geschäftsaufgabe Obermeister seiner Innung), wende ich mich mit dieser Bitte an Ulis Nachfolger. Dieter fragt mich nur: „Wann ist die Beerdigung? Und möchtest du, dass wir in Zunftkleidung kommen?" Ich teile ihm den Termin mit und dass Uli sich sehr über seine Kollegen in Zunftkleidung freuen würde …

Zusammen mit Andrea durchforste ich den Kleiderschrank meines Mannes. Neben Wäsche und seinen selbst gestrickten Lieblingssocken fällt unsere Wahl auf eines seiner Lieblingshemden – rot kariert!

Danach informiere ich den Bestatter. Ralf Hollerbach erwartet mich am Nachmittag.

Nachdem ich alle Unterlagen und die Totenkleidung zusammengesucht habe, führt mich mein Weg zum Bestatter.

Wir kennen uns schon lange, Familie Hollerbach war viele Jahre Kundschaft von uns und hat zudem auch Ulis Eltern und Großeltern beerdigt.

Die Formalitäten sind schnell erledigt, und da ich die Todesanzeige schon fast fertig habe, muss ich nur noch den Sarg und die Ausstattung aussuchen. Als wir das Sarglager bereits wieder verlassen wollen, fällt

101

mir ein großes Bild ins Auge (Ralf erklärt mir, das sei ein sogenannter „Sargaufleger").

Das Motiv auf dem Bild zeigt einen Wald im Sonnenuntergang.

Mir wird klar, kein Rosenbukett wird Ulis Sarg schmücken, sondern dieser wunderschöne Sargaufleger.

Das Bild wird mir nach der Trauerfeier übergeben, es hängt seitdem in unserem Wohnzimmer und erinnert mich immer an meinen Mann. Somit schließt sich auch dieser Kreis …

Der Gedanke: „Wie hätte er es gewollt?", begleitet mich die ganze Zeit. Letztendlich entscheide ich, wie ich es für richtig halte, er wollte ja nie darüber sprechen.

Als die Frage nach einer Grabstelle im Raum steht, fällt mir ein, dass Uli, als sein Patenonkel Ludwig im Jahr 2003 starb, einmal erwähnt hat: „In diesem Grab liegen jetzt schon mein Opa, meine Oma und mein Patenonkel Ludwig, da will ich auch mal mit rein!"

Diesen Wunsch können wir ihm, nach Rücksprache mit Jenny, erfüllen.

Ich möchte, dass mein Mann zur Aussegnung offen aufgebahrt wird, damit wir uns alle endgültig von ihm verabschieden können; bitte Ralf, dafür zu sorgen, dass Uli mit seiner Uhr am Handgelenk beerdigt wird, und – natürlich – an ein paar „Kippchen" zu denken. Er sichert mir zu, dass alles wie gewünscht durchgeführt werden kann, merkt aber an, dass er die Armbanduhr vor der Einäscherung abnehmen wird, um sie mir zurückzugeben. Eigentlich würde ich die Uhr gerne bei Uli lassen, doch Ralf berichtet von vielen Fällen, bei denen solche Wertgegenstände verschwunden sind.

Diese Uhr, die meinen Mann auf seinem letzten Weg begleitet hat und ihm im Krankenhaus so enorm wichtig war, schenke ich zwei Wochen später seinem Sohn mit dem Wunsch, sie auch zu tragen.

Ich bitte meine Paten zur Aussegnung, die am 2. Januar stattfinden soll, zu kommen, um mich in dieser Stunde zu unterstützen; sie sagen sofort zu.

Alle anderen Sachen, wie Trauerfeier, Mesnerdienst, Leichenschmaus in Ulis Stammkneipe bestellen, Formulare ausfüllen, Sargträger organisieren, Vereine informieren, Spendenkuverts füllen, gehen mir ganz einfach von der Hand. Ich will ALLES richtig machen, kann endlich, so paradox das klingt, etwas tun.

Einer Freundin aus Hof erzähle ich von meiner Sorge, eventuell die Beerdigungskosten nicht tragen zu können. Von ihr kommt ohne Zögern das Angebot, mir finanziell unter die Arme zu greifen – auch das werde ich nie vergessen.

Zu Hause im Esszimmer stelle ich ein Foto von Uli auf und dekoriere den Tisch mit Uhr, Sonnenbrille, Taschenmesser, Rosen und einer Kerze; wenn ich daran vorbeigehe, könnte ich jedes Mal schreien, ich tu's aber nicht.

Am Sonntag kommt mein Cousin Dirk, wir besprechen zusammen mit Carina und Sebastian den Ablauf der Trauerfeier. Da Dirk und ich sehr vertraut sind, ist das Gespräch mehr als ein Seelsorger-Hinterbliebenen-Gespräch.

Er gibt mir Trost und Kraft – und ich weiß jetzt, warum ich vor zwei Wochen diesen komischen Traum hatte …

Der Montagabend rückt näher und somit die Aussegnung.

Von anderen Hinterbliebenen wurde mir berichtet, dass sie alles wie in „Trance" erlebt hätten; bei mir trifft das nicht zu, mein Verstand verdeckt meine Gefühle.

Bereits im Vorfeld stimmt der Pfarrer unserer Bitte zu, Ulis Lieblingslied (Rockin' All Over the World) zu spielen.

Peter und Carina betreten die Trauerhalle als Erste, wir folgen.

Uli hat sich nicht verändert, sieht mit seinem karierten Hemd und seiner Dachdeckerweste aus, als ob er gleich zur Arbeit gehen möchte. Es ist wirklich alles unheimlich friedvoll. Ich möchte mir jede Einzelheit von ihm einprägen, traue mich aber nicht, ihn zu fotografieren.

Der Pfarrer hat viele tröstende Worte für uns. Er bittet uns alle, an den Sarg zu treten und meinen Mann mit Handauflegen zu segnen. Wir legen ihm noch sein Schumacher-Käppi, einen FC-Bayern-Schal, einen Brief von Carina, Fotos von seiner Familie in seinen Sarg und spielen sein Lieblingslied ab.

„Lauter!", würde er jetzt sagen …

In meinem Schmuckkasten habe ich nach einem bestimmten Kettchen gesucht. Uli hat es mir ganz am Anfang unserer Liebe geschenkt. Diese Kette stecke ich ihm heimlich in seine Westentasche.

„So, Schatz, jetzt hast du mich auch in der Ewigkeit bei dir!"

Nachdem ich mich vergewissert habe, dass Ralf Hollerbach auch die Zigaretten unter Ulis Hände gesteckt hat, lassen wir den Sarg schließen …

Obwohl die Tränen fließen, kann ich erst Wochen später richtig weinen, sitze nachts im Bett und schreie: „Warum, warum? Uli, ich hätte dich doch noch so sehr gebraucht!"

Hunderte von Trauerkarten wurden an uns gerichtet, in vielen sind liebevolle und trostreiche Worte. Ich lese sie immer wieder, manchmal auch heute noch.

Am nächsten Tag fragt mich Andrea, ob ich rauf zur Leichenhalle möchte, und bietet mir an, mich zu begleiten. In der Halle stehen wir vor dem geschlossenen Sarg. Ich rieche zwar noch den Wundgeruch, doch ich kann mir Uli nicht darin vorstellen und verlasse die Halle fluchtartig.

Mittwoch, 4. Januar 2012 – 14.00 Uhr – Trauerfeier in der Kirche.
Ich habe mir vorgenommen den gesamten Ablauf des Gottesdienstes in mich aufzunehmen, ist es doch die letzte Feier für meinen Uli.

Wir betreten die Kirche. Ich bin überwältigt, wie viele Menschen ihm das letzte Geleit geben möchten.

Dirk gestaltet die Trauerfeier und vor allem seine Predigt so wunderbar einfühlsam, wie ich es mir gewünscht habe. Er dokumentiert Ulis Lebensweg mit sehr persönlichen Worten, vergisst auch nicht, den „Uhrentick" meines Mannes zu erwähnen. Seine Worte: „Als ich das letzte Mal hier stand, feierten wir die silberne Hochzeit von Uli und Ute, heute sind wir hier, um von Uli Abschied zu nehmen," lassen mich das Jahr 2006, den Tag unserer Silberhochzeit – als alles noch gut war, wiedererleben. Sehe ich doch Uli und mich vorne vor dem Altar sitzen, so als sei es erst gestern gewesen …

Auch erinnert Dirk daran, wer uns immer über schwierige Zeiten hinweggeholfen hat:

Ulis Paten Jenny und Ludwig, meine Paten Heidi und Ottokar und nicht zuletzt Andrea und Sebastian.

Der Chor singt: „Go Tell it on the Mountain", und Carina schafft es tatsächlich, für ihren Dad ihr persönliches Abschiedslied zu singen. Mensch, wäre Uli stolz auf seine Cippi – Quatsch, er ist stolz auf sie, weil er bestimmt alles sieht und hört!

Die Reden von Dieter, dem jetzigen Obermeister der Dachdeckerinnung, Hans dem Vorsitzenden der Wasserwacht und Sigi vom „FC Bayern Fanclub", sind sehr berührend.

Dieter berichtet von Ulis Amt als Obermeister und den schönen Zeiten, lustigen Ausflügen die wir zusammen mit den Innungskollegen verbringen durften.

Hans weiß noch, dass eigentlich die Wasserwachtgruppe „schuld" war, dass Uli und ich im Jahr 1979 auf einem Faschingsball zusammen fanden.

Und nicht zuletzt Sigi, der seine Gedanken in die Zukunft schweifen lässt und dabei meint, dass Uli in Zukunft immer am Samstagnachmittag, wenn sein FC Bayern spielt, auf einer Wolke über der Allianz Arena in München sitzen wird um seinen Verein siegen zu sehen!

Danach begeben wir uns gemeinsam hinauf zum Friedhof.

Unser Weg von der Kirche zur Leichenhalle wird von einem heftigen Schneeschauer begleitet – typisch mein Mann, der muss auch jetzt noch so viel Wind machen!

In der Trauerhalle stehen wir neben dem Sarg, um Uli mit dem Segen und dem Vaterunser endgültig Lebewohl zu sagen. Plötzlich scheint wieder die Sonne und dann bläst ein Windstoß alle Kerzen aus …

Seine in Zunft gekleideten Dachdeckerfreunde tragen den Sarg bis zum Auto. Umrahmt wird der Trauerzug mit dem Lied „Amazing Grace".

Erst als der Sarg in den Leichenwagen verladen wird, stehe ich wie paralysiert daneben. Im Nachhinein denke ich, zu diesem Zeitpunkt war ich dann doch wie in „Trance". Andrea nimmt mich am Arm, fordert mich auf, Ulis Sarg noch mal zu berühren. Immer noch möchte ich alles in mich aufnehmen und ganz bewusst miterleben, doch es wird zunehmend schwieriger.

Als der Wagen in Richtung Krematorium abfährt, wird mir klar, dass ich meinen Mann nie mehr wiedersehen werde …

Viele von den Trauergästen, die mir anschließend ihr Beileid ausdrücken, habe ich lange nicht gesehen. Alte Freunde, Geschäftskollegen und vor allem Ulis Lehrlinge, die er selber ausgebildet hat, sind hier.

Anschließend treffen wir uns in Ulis Stammkneipe, reden über ihn, trauern um ihn, er fehlt jetzt schon.

106

Abends sitze ich vor seinem Bild und kann nicht glauben, dass dieser lächelnde Mensch nicht mehr lebt …

Am Tag der Urnenbeisetzung haben wir gleichzeitig einen Termin beim Nachlassgericht.

Aufgrund der vorangegangenen Privatinsolvenz müssen wir das „Erbe" ablehnen. Ich empfinde die Prozedur wie: „Schluss, Ende, der Mensch war nichts wert!" All die vielen Ordner, Geschäftsunterlagen, Rechtsanwaltsbriefe, Schreiben des Gerichts, sie werden nicht mehr gebraucht …

Mir wird klar, wie viele Angelegenheiten damals zu Streit geführt haben und es doch nie wert waren.

Der Satz: „Gesundheit ist das Wichtigste im Leben", stimmt!

Kapitel 31

Uhren, Uhren, Uhren

Wie anfangs schon erwähnt, war mein Mann ein leidenschaftlicher Uhrensammler.

Kurz nach seinem Tod reift in mir der Gedanke, einige seiner Sammlerstücke an enge Freunde und Verwandte zu verschenken.

Nachdem ich Peter und Carina um ihr Einverständnis gebeten habe, setze ich diesen Plan in die Tat um. Jeder, der Uli etwas bedeutet hat und dem auch Uli nicht gleichgültig war, soll sich eine Uhr aussuchen – und diese auch tragen. Die schönsten Stücke aus seiner Sammlung hängen jetzt in einem Uhrenkasten im Esszimmer und erinnern mich somit immer an meinen „verrückten, spinnerten Uli"!

Noch Monate später finde ich Uhren, manche in einem Rucksack, manche auch in seinem Schrank, entdecke Rechnungen und Quittungen von Stücken, von denen ich nichts wusste. Jedes Mal denke ich dann: „Schatz, hast du noch irgendwo eine Uhr vor mir versteckt?", und muss immer über ihn lächeln.

Meine „Erinnerungsecke"

Kapitel 32

Allein ...

Irgendwann kommt der Tag, an dem alles erledigt ist.

Beerdigungsformalitäten, Behördenangelegenheiten, Rentenbeantragung, Urnenbeisetzung, Danksagungen, die Trauerfeier auf der Palliativstation – all das ist vorbei. Noch einmal konnte ich mich bei dem gesamten Pflegeteam bedanken und habe dies auch in einem Brief an die Klinikleitung bestärkt.

Nun bleibt nur noch die Wahl des Grabsteins. Nach reiflicher Überlegung und vielen Ausstellungsbesuchen entscheide ich, dass mein Mann einen weißen Grabstein in Form eines Ahornblatts bekommt – auch hier schließt sich wieder ein Kreis.

Die Inschrift auf dem Stein wird „Uli" lauten, denn wer kannte ihn denn schon unter „Ulrich"?

Von allen Seiten kommen Hilfsangebote, doch lerne ich lange nicht zu unterscheiden, wer diese Worte wirklich ernst meint. Hier bewahrheitet sich der Spruch, dass sich die Spreu vom Weizen trennt. Es bleiben nur wenige, denen ich weiterhin etwas „vorjammern" kann ...

Letztendlich stimmt Andreas Satz: „Uli hat schon hinter sich, was wir alle noch vor uns haben – und am Ende bist du immer allein. Damit musst du lernen zu leben!"

Wenn das nur so einfach wäre!

Aus Ulis Ehering habe ich mir von einem befreundeten Goldschmied einen Anhänger in Form eines Ahornblatts anfertigen lassen, finde ich es doch schöner, diesen Anhänger zu besitzen, als den Ehering meines Mannes zu tragen.

Im Mai, an unserem 31. Hochzeitstag, stelle ich 31 rote Rosen auf sein Grab – und mit wem soll ich jetzt heute Abend zum Essen gehen?

Niemals hätte ich gedacht, dass mir mein Mann so fehlt. Ich kann auch Sätze wie: „Ihr habt doch keine so gute Ehe geführt!", nicht ertragen. Ich vermisse sein Schimpfen, sein Meckern, sein Husten; ja – und mir fehlt der große Kindskopf. Da hilft es auch nichts, wenn ich weggehe, meine, überall dabei sein zu müssen, glaube, ich könnte weglaufen, denn sobald ich nach Hause komme, holt mich alles wieder ein.

Ich rede mit seinem Foto, sage oft zu ihm: „ Grins nicht so blöd!", und bin immer noch sauer auf Uli, weil er mich allein gelassen hat, obwohl er mir doch versprochen hat, das nicht zu tun!

Dabei weiß ich doch ganz genau, mein Mann hat sich sein Schicksal nicht selbst ausgesucht. Er wollte nicht sterben, wollte so gerne noch bei uns bleiben und hätte ganz sicher noch gerne seine Tochter und seine Enkelkinder aufwachsen sehen.

Oft habe ich das Gefühl, wenn – dann.

Was wäre, wenn wir noch dies versucht hätten, so als ob man es im Nachhinein noch ändern könnte!

Kapitel 33

Es tut immer noch so weh – wann wird das endlich besser?

Heute, fast ein Jahr nach Ulis Tod, habe ich den Eindruck, dass in meiner Umgebung der „Welpenschutz" vorbei ist. Kaum jemand fragt noch, wie wir alleine zurechtkommen.

Nur Menschen, die das Gleiche schon erlebt haben, können mich wirklich verstehen, die anderen können es nur versuchen zu verstehen.

Mein Mann und ich haben zwei Drittel unseres Lebens miteinander verbracht – wie kann ich da so schnell „umswitchen"?

In einem Trauerbuch habe ich gelesen: „Für Ihre Umwelt ist es am besten, wenn Sie stark wirken und nach drei Monaten wieder funktionieren – aber was für Ihre Umwelt gut ist, kann für Sie völlig falsch sein. Also lassen Sie sich in Ihrer Trauer keine Vorschriften – von niemandem – machen!"

Freundinnen, aber auch fremde Menschen, die Ähnliches erlebt haben, bestätigen mir immer wieder, dass es bei ihnen Jahre gedauert hat, bis der Schmerz nicht mehr buchstäblich das Herz zerrissen hat.

In einer Trauerselbsthilfegruppe stelle ich fest, dass die anderen Trauernden oft noch viel schwerer an ihrem Schicksal zu „knabbern" haben. Im Internet habe ich eine Gedenkseite für Uli erstellt. Auch hier merke ich, dass ich nicht als einziger Mensch traure, aber auch, dass meine Art, mit dem Verlust meines Mannes umzugehen, ganz normal ist.

Wann immer mir danach ist (sehr oft mitten in der Nacht) entzünde ich auf seiner Internetgedenkseite eine virtuelle Kerze und schreibe mir meinen Kummer von der Seele.

112

Wenn mir heute gesagt wird: „Uli hätte dies oder jenes nicht so gewollt!", antworte ich: „Aber Uli lebt nicht mehr und deshalb muss ich ALLEIN entscheiden, was ich tue!"

Im vergangenen Jahr hat sich alles zum ersten Mal gejährt. Jedes Ereignis, ob Ostern, Geburtstage, Konzerte, Urlaub, Theateraufführungen usw., haben wir ohne ihn verbracht.

An seinem Geburtstag waren wir auf dem Friedhof, haben ihm Rosen gebracht und Kerzen angezündet, was sonst.

Die vielen Trauerkarten habe ich noch einmal alle gelesen, um sie dann in einem verschlossenen Karton zu deponieren – auch hier schließt sich der Kreis.

Im November 2012 verabschiedet sich Ulis Patentante „Oma Jenny"; sie stirbt, wie sie es sich immer gewünscht hat, innerhalb von zwölf Stunden. Diesmal darf ich bei der Sterbenden sein, glaube, hier auch an Uli etwas gutgemacht zu haben.

Jennys Urne wird neben ihrem Ludwig und ihrem „Ulrichla" beigesetzt.

Jetzt bin ich mit meiner Carina in diesem riesigen Haus ganz allein …

Weihnachten steht vor der Tür, seit 33 Jahren das erste Mal Heiligabend allein, ohne meinen Uli; ich habe solche Angst, sind doch die Erinnerungen an den letzten Heiligabend noch ganz frisch!

An Silvester werde ich das erste Mal in meinem Leben selbst eine Rakete abschießen, eine einzige, nur für meinen Mann …

Carina und ich sprechen viel von ihrem Dad. Immer wieder bestätige ich ihr, wie stolz er auf sie wäre. Oft müssen wir lachen, wenn uns eine Anekdote aus seinem Leben einfällt.

Ich hoffe, dass es ihm da, wo er jetzt ist, gut geht und er immer auf uns alle aufpasst!

Letztendlich weiß ich eines ganz genau: Das Jahr 2011 war ein „geschenktes Jahr". Ohne diese schlimme Krankheit hätten wir vielleicht nicht mehr richtig zusammengefunden, wären möglicherweise getrennte Wege gegangen.

Uli und ich haben in dieser schweren Zeit wieder zueinandergefunden. Die schlechteren Zeiten davor verblassen in meiner Erinnerung und ich kann heute ohne schlechtes Gewissen sagen:

„SCHATZ, DU FEHLST MIR SO SEHR!"

Er wollte so gerne noch bei uns bleiben...

Ich lebe mein Leben in wachsenden Ringen,
die sich über die Dinge ziehn.
Ich werde den Letzten vielleicht nicht vollbringen,
aber versuchen will ich ihn.

Ulrich Lang
Dachdeckermeister
* 24. 10. 1960   † 31. 12. 2011

████████ den 2. Januar 2012

Traurig müssen wir Abschied nehmen:
Ute und Carina
Peter und Katrin mit Niclas
Jenny
Claudia mit Familie
Matthias mit Familie
und alle, die ihn mochten

Die Trauerfeier findet am Mittwoch, dem 4. Januar 2012 um 14.00 Uhr in der Simon-und-Judas-Kirche in ████ statt.
Für alle Anteilnahme bedanken wir uns recht herzlich.

114

Ulis Grab an seinem Geburtstag am 24. Oktober 2012

Danke

Bedanken möchte ich mich bei allen, die meinen Mann und unsere Familie unterstützt haben. Jedem, der ihn während seiner Krankheit besucht hat oder auch nur in Gedanken bei ihm war, möchte ich versichern, wie gut es Uli und mir getan hat.

Danke an Dr. v. Hoesslin, Dr. Martinek und an das gesamte Team der Palliativstation im Sana-Klinikum Hof. In den letzten zweieinhalb Wochen seines Lebens durfte Uli erfahren, was ärztliche Fürsorge und liebevolle Pflege bedeutet. Auf dieser Station erhielten meine Kinder und ich jede Unterstützung, die man sich nur vorstellen kann.

Danke an alle, die mir, Peter und Carina nach Ulis Tod zur Seite gestanden, die zugehört haben, einfach nur da waren und die auch Uli nicht vergessen werden.

Danke an Ralf Hollerbach vom Bestattungshaus Hollerbach, der mir in einmaliger Weise Anteilnahme und Hilfe zukommen ließ, die weit über seine Aufgaben als Bestatter hinausgingen.

Danke an Ulis Patentante Jenny, die uns nach dem Tod ihres Mannes zu sich geholt, immer unterstützt hat und die jetzt auch nicht mehr unter uns ist.

Danke an alle, die mich in meiner Trauer verstehen und akzeptieren, dass ich nie mehr die sein werde, die ich einmal war.

Danke an meine Schulfreundin Andrea B., die sich bereit erklärte, mein „Buch" zu lesen und zu korrigieren; ohne ihren Zuspruch hätte ich nicht gewagt, meine Zeilen zu veröffentlichen.

116

Ein ganz besonders großes „Dankeschön" richte ich an Andrea F., die Patin unserer Tochter Carina.

Unsere beste Freundin war immer für Uli, Carina und mich da. Ohne sie hätte ich während der Krankheit meines Mannes und vor allem nach seinem Tod oft nicht mehr weitergewusst.

Unser „Andreala" (wie sie von Uli oft genannt wurde) hat mir manches Mal den Kopf wieder „zurechtgerückt" und war zu *jeder* Tages- und Nachtzeit für uns da.

In solchen Lebenssituationen zeigt sich, was wahre Freundschaft ist.

Für die vielen Zeichen der Anteilnahme und die Begleitung auf Uli's letztem Weg sagen wir

DANKE

- besonderer Dank gilt Pfarrer Dirk Grießbach für seine trostreichen Worte
- Uli's Dachdeckerkollegen, die seinen Sarg getragen haben
- der Dachdeckerinnung Hof, der Wasserwacht Naila und dem FC-Bayern Fanclub Issigau für die schönen Nachrufe
- Sebastian Franz und dem Chor „Ichtys" für die musikalische Umrahmung der Trauerfeier
- dem Team der Palliativstation im Sana-Klinikum Hof für die liebevolle Betreuung
- Ralf Hollerbach vom Bestattungshaus Hollerbach für seine einfühlsame Begleitung

Ulrich Lang
24. 10. 1960 - 31. 12. 2011

im März 2012

Wir vermissen ihn so sehr…
Ute Lang mit Kindern

Ganz zum Schluss danke ich meinem Mann Uli, der es so viele Jahre mit mir ausgehalten hat, obwohl ich ganz bestimmt nicht immer einfach war …

Ich werde dich nie vergessen!